AQUARIUS

AQUARIUS

AQUARIUS

AQUARIUS

每個人心中都有一座島嶼，

藉文字呼息而靜謐，

Island，我們心靈的岸。

假仙女Faux-cul

顏訥

◎文·圖

【推薦序】

假仙女的真情指數

文◎楊佳嫻（作家）

據說張愛玲很愛算命，出門也算，出書也算。她曾在命圖中預見到傷害和孤獨嗎？曾預見到英文世界的不得意、中文世界的雞湯化嗎？小說裡她確實寫過精彩的算命情節，《怨女》銀娣外婆算命，算命者宛如賣唱那樣帶了樂器，知道了對方生辰八字後就唱起來，「算得你年交十四春，堂前定必喪慈親。算得你年交十五春，無端又動紅鸞星」云云，外婆年紀那麼大了，印證起來根本不對。老人是個算命老手，早聽慣這一套了罷，沒有提出異議，只是一直追問「還有呢？」銀娣替她覺得難為情，都這麼老了還有什麼？果然，追問到算命沒話可接，窘笑了一聲，說：「還有倒也沒有了呢，老太太。」

顏訥究竟是愛算命還是為了寫作才到處算命？聽了太多算命奇人軼事後我已經搞不太清楚原委。「認命」一詞總伴隨著無盡忍耐，「順命」稍好，有點隨緣化機之意，「抗命」的說法則不無悲壯，是街頭運動用語，也是現代精神的一環。不信命定，這個「命」包含了社會結構的導流和形塑，種種古老宇宙觀、禮教和禁忌。現代文學裡那麼多抗命的故事。然而，走了一百年，我們仍然看到同樣多的作品在寫「命」——是不是真存在著神祕的大經大法，在遙遠宇宙深處支配著你我的行動、劃定了生命發展的邊界？成形於古代的種種算命理論，又怎麼應對現代情境？顏訥說，這就看算命者「故事新編」的能力了。

我很喜歡《假仙女 Faux-cul》這個書名。顏訥如果靜靜坐在那裡，瀲灩變幻美不可測，但是她總在悲傷中擠臉搞笑，等紅綠燈時相遇，她一邊大跳街舞一邊跟我聊天，動如脫兔的程度讓我想拿出紅蘿蔔，出席文學講座畫風一變緊繃到好像一敲就碎，上台發表論文更常常因為想彌補小漏洞而演變成尷尬名場面，在朋友之間已經成為仙界傳說。這樣看來，「假仙女」精準自況——不，這個書名沒這麼簡單，既是「假」「仙女」，也是「假仙」「女」，台語「假仙」有假裝、裝蒜之意，比形容詞「假」更富於動態。然而，顏訥的「假仙」不針對別人，而總瞄準了自己，自我懷疑又否定這懷疑，過得辛苦還把辛苦當成笑話跟我們分享。

循此基礎來讀，《假仙女 Faux-cul》寫的所有「假」物，假屌假屁股假奶，何嘗只是「物」？它們是異我，同時是真我的外延、把縹緲的願望落實。〈仙女胸罩〉寫NuBra使用後錯誤收納，導致沾黏撕開多次殘破不堪，假作真時，那對衣服包裹下外掛內化成為我的一部分的假物，卻弄假成真變成使用者人生狀態的隱喻。〈假屌與牙垢〉寫朋友聚會有人帶來始終無法馴服的假屌，問有沒有人要接收，那模擬真實而來、為了親密體驗而生的身外假物，一旦離開了密室床闈就不再色情，顯得滯銷，而征服這種荒誕感的方法，是文中男同志美男子小馬以假破假，一手抄起假屌當作麥克風唱起懷念金曲〈台北的天空〉，不是都把陽具、發語權、父權放在一起談？傑出的一手！

顏訥多篇散文寫婚家，這在女性散文中不新鮮，令人好奇的是她到底看到婚姻與家庭內的什麼。算命時屢屢問能否順利結婚？是否該跟現在的伴侶結婚？婚後伴侶的命運如何？一旦結婚，好像小房間裡綁票來的兩人，期望著無論生傷病亡都得背靠背一同捱下去。寫被求婚，不見任何浪漫，或者說，顏訥的寫作調性往往存心毀壞浪漫，男方單膝下跪高舉戒指，女方想到的卻是內褲卡在屁股縫裡（從上一本散文開始，顏訥對於下半身的興趣讀者皆知）。我想，顏訥並非地道的反浪漫者，她肯定熟知當代學術對於浪漫愛的批判，然而，把愛寫得特別可鄙可笑的人往往對它期待反而高。要行婚禮了，寫的是種種身體的不甘不快、家族禮制中身分的將明未明，以及因此而折射出來的母系生命記憶。顏訥有易感的心，善於反身觀照的思維訓練，同時還處在所有浪漫和完美都可付費製作調整的時代，三者交作，構成她寫婚家的特殊筆調。

《假仙女 Faux-cul》結束於〈前去我爸的字裡面失物招領〉一文，頗有見真醇意味。對女兒來說，她原先以為親子相似之處不外乎文學研究、文學創作，日後才知道還有另一絲相繫之處。她與父親都曾在同一年歲遭遇身心的困阨，三十四歲，眼看某些大事已完成或將完成，卻「進入一種荒地狀態」，心懸空，手足不定時發麻，喘不過氣，而父親也曾在這個歲數時，講台上直直攤倒，精神官能症與自律神經失調。父親並未直接告訴女兒，而是通過寫作來說，女兒過了好些年才讀到。怎麼修好自己的呢？父親的散文裡說，靠意志力，靠文學。女兒在爸爸的文章中看見年幼的自己，也看見那個尚未能摸透的自己的前身，爸爸早於女兒也曾經受過的。這篇散文如此深情，是老在搞笑的顏訥藏得很小心的內核。

回到開頭時提及的張愛玲《怨女》寫算命。《假仙女 Faux-cul》開篇也出現了類似情節。花了大把計程車費和朋友預約了能窺天機的楊瞎子算命，殊不知對方說比唱更好聽，只差沒有伴奏。兩個人分開算，竟然未來同款好命，都是三十歲開公司、賺一百億。有一次我問顏訥，算命花那麼多錢，有些根本騙人啊一聽就知道，幹嘛還繼續算？假仙女一笑，很真誠地回我：「也許可以看成一種娛樂？」是了，命運好好玩，放在她口袋裡的絕對不是假屌，是遙控器（記得裝電池喔）。

【推薦序】

真仙女sincere

文◎鄭芳婷（臺灣大學臺灣文學研究所副教授）

稱自己為假仙女的，往往就是真正的仙女。

仙女至仙，反而滯留最人間處：算命店鋪、溫泉浴場、喪禮席間、內診檯上，在波士頓中央地鐵站的大麻女巫店內，在二二八受難者外曾祖父的墳前溜滑梯上，在最容易被貼標籤的地方，在最聚集各種痛苦的地方，在最皺褶處，在最假反而至真處。

正是在這些最人間的所在，仙女之氣蒸騰凝結，像琥珀包覆眾生。如今顏訥將琥珀盡數托出，像是行為藝術家，在觀眾面前一一剖切。琥珀裂開汁水流淌，裡面是人間異語無限。觀眾享受著眼前的詼諧機敏，卻不一定能想起這些琥珀的來源。

顏訥幽默，眾所皆知，二〇一七年的《幽魂訥訥》以黑色幽默包裹羞恥經驗成喜劇，驚豔無數台灣讀者；時隔七年，《假仙女 Faux-cul》延續其風格系譜，但筆法更沉更烈，在讀者幾乎笑場時給予當頭棒喝，卻又在讀者近乎落淚時捧來糖花。又笑又淚，既瘋癲且清明，是我閱讀這本散文集書稿時層層疊疊的感受。

顏訥寫算命，和盤托出自己拿了計畫經費的田野目標。計畫通過，經費報銷，連自己都覺得像是個長期臥底。算命師如小說家，不啻就是要拿出一種得以激起客人情動的敘事。我們跟著顏訥，帶著如此後設的心情上陣，卻在一次次的算命之旅中，逐漸消融，真真假假虛虛實實之間，失去最初臥底的把握。

在〈孩子〉中，明明早已是「算命老手」，甚至都已經養成了嗅聞場所氣味的前行儀式，但是命盤遞出後，仍然焦躁不安；明明知道可能大半都是唬爛，卻還是驚怕得一片狼籍。因為知道有些事情，根本就不可能在任何人的算計之內。還未有形體的胖小子緊緊跟在身邊，等著被降生和擁抱，可是偏偏正是在這個典型的倦怠社會，三十餘歲的女博士生幾乎沒有隨性生育的特權。於是胖小子放下執念，輕輕離去。可是女博士生卻始終沒有放下。回想當初，恐怕也未曾想過，一場以算命為主題的計畫寫作，最終竟反過來重組了自己的生命。

什麼樣的寫作，能比這樣的寫作更後設、更受弱？顏訥幾乎是交託了自己，以命換書寫，在書寫中袒露自己。而且這種袒露不僅僅是片刻的一絲不掛，更是一絲不掛的疊加態，赤裸與否之間無從確定，單看讀者那一刻的共鳴。

我的共鳴，最最是在字裡行間涉及身體經驗的每一處。顏訥寫求婚，戒指、相機、單膝下跪三者俱備，滿屋子的人屏息以待，讀者也等著，卻等來女主角因不合身內褲而導致的「卡屁境遇」，佳構劇頓時傾頹，荒謬場景湧現。讀者像是忽然被擺了一道，但這一道卻無比的似曾相識。

我想起國小畢業的那年暑假，我和最要好的幾個同學，風風火火地借來了A片。被選派放映的同學，天選之人的表情，慎重地將錄影帶推入機器，按下開始。螢幕畫面先是出現一對牽著手的時髦男女。我們大呼小叫，逞凶鬥狠。時髦男女進了飯店房間，拉上窗簾，倒了紅酒，接著開始褪下衣裳。隨著男女光速推進，我們不再大呼小叫，反而戰戰兢兢，雙腿併攏，眼神學術，討論起劇情、姿勢和身體部位。直到某個不可能再往下討論的時刻，一名同學宣布，好了，我們看夠了。

可是明明是A片哪！那年的我們恐怕沒有一個真的沉浸其中，我們反而是恐懼，懼怕自己真的沉浸其中，甚至更恐怖地，自己沉浸其中且被人發覺。

這種身體的集體恥感，貫串了我輩中人的九〇年代與千禧年間。

關於恥感的解構，大抵是女性主義與酷兒理論的工作，但我卻在尚未觸及這些材料與工具之前，就曾經真切地體會過解構的快感。

那是出國讀研究所以前的幾年，我和朋友成立肚皮舞團，開班授課也巡迴表演。不過總有一些時刻，坦露肚皮的舞衣稀裡糊塗地就被人定義為物化或厭女。男性凝視啦有沒有讀過，我不止一次在舞台上聽人說教。可是在後台，當我用大家公認的喬奶神之手幫夥伴貼上NuBra，夥伴雀躍，我一臉傲氣，想要多大我就讓你多大，怎麼shimmy都不會跑位！我拍拍胸脯保證。我和夥伴相擁，我和夥伴互稱my love，我和夥伴蹦蹦跳跳，我們的身體張揚且自在，像詩歌從瀑布飛躍而下。

直到多年以後，甚至早就不再跳舞之後，我才發覺，上半生的恥感竟已大半散去。

讀顏訥，我總是緩耕慢犁，因為太多時刻，我會想起生命中這些詭譎或壯麗的吉光片羽。顏訥的故事和我的故事邊界開始模糊，我們更像是〈溫泉浴場〉的蛤蜊們，在蒸煮的旅程中彼此聞香，或是像〈娘味〉神祕十一樓小房間裡的女人們，因痛而群聚，然後因群聚而彼此療癒。

哪有比這樣更好的閱讀呢？

目錄

【推薦序】

009 假仙女的真情指數 ◎楊佳嫻（作家）
014 真仙女sincere ◎鄭芳婷（臺灣大學臺灣文學研究所副教授）

Book 1 仙女／

025 賭神
031 婚姻場景
040 孩子
054 得痔
061 小神通說我晚年死得像一頭大象
075 三分女人
080 生命之詩

089 罐裝龍蝦
097 安居街的勞倫斯
108 薩默維爾輪盤

Book 2 假仙女／

123 仙女內褲
129 仙女胸罩
138 仙女假屁股
146 仙女衛生棉
154 仙女戀愛保健術
163 假屌與牙垢
169 溫泉浴場

目錄

Book 3 夜路／

177 猛鬼旅行團
183 喪禮上的紅衣女
190 娘味
200 全身閣樓風格
205 海姑
212 新娘潭
218 站在檳榔路後山指認自己的家像一個新婦
229 夜路

Appendix

239 前去我爸的字裡面失物招領
247 【後記】**撿河馬**

Book 1 仙女／

賭神

第一次打電話預約算命，緊張到連預定時間都說得坑坑巴巴。

電話那端聲線毛躁的中年女子，是楊瞎子的助理。坊間有傳言，她其實就是大師的人生伴侶，不但安排算命時程，還包辦生活起居。所以說，為了求見紅透半個H縣的楊瞎子，最關鍵的是得她耳緣。

如果說巴巴去問命的我們的命，被楊瞎子攥在手裡，那麼大師的命，大概就是握在助理手裡了，她才是命運食物鏈的最高階。

聲音放軟，萬般討好，甚至有些卑微，終於約好了時間。楊瞎子每日早上六點開診，只接待四組客人，多一人都不行。名額那麼稀有，竟然順利被安插到隔兩週早上的第二序位，多幸運，已經開始覺得自己好命了。膽怯問了地址，助理耐心用罄，聲音又起了毛球，彷彿勤於求仙之人都應該明白這問題多麼愚蠢而且世俗。

「不好意思我們沒有地址喔。反正就在H縣東邊深山裡。你下火車跟計程車司機說你要算楊瞎子啊，他就知道了。」

H縣原有兩位盲眼神算。自從住在西邊的陳瞎子暴斃以後，楊瞎子突然之間就霸占了整個H縣獨門神算的名聲。婚前去找過陳瞎子合盤的咪子，曾預言她剋夫命最好終生不婚。一聽聞大師猛爆性歸天，竟拊掌大笑，連連稱自己命中剋夫還堅持結婚，也算是人定勝天，直接找命運單挑的一個奪命好女子。而我是尋著作家前輩在書中分享與楊瞎子幾次交手的神祕體驗，又在網路論壇摸爬滾打，才摸清助理脾性，找到預約方法。

為避免沒有地址，無法預先計算路程而耽誤問命時辰，我跟算友青前一晚就趕往H縣，借住在許久不見的長輩家裡。前一晚也顧不得作客的禮貌，對主人熱情端上來的酒水與話題頻頻推辭婉拒，早早就沐浴淨身，以最神聖的心情為即將到來的命運預備著。睡了半宿，清晨四點招了計程車，一上車對大哥說：「要去楊瞎子。」他果然瞭然於心，熟門熟路，踩足油門直往山裡奔。

一小時後，車停在H縣東邊非常深的山裡，一尊巨大的鬼谷子像前。

下車伏在神像鞋尖，仰頭覺得自己不過就滄海一粟，命還沒算就被震懾了。計程車窗縫突然吐出一顆大頭，媽呀，司機大哥還沒走，他喊：「小姐先生，你們算完也是叫不到車下山的啦。我就在這裡等你們。」車子比話尾更早熄火，好像早早知道我們會答應一樣。

凌晨五點，廟旁的大師辦公室已經坐了三組客人，都是趁夜色從各方開車上山，雖然面有倦色，但每張臉都沉靜虔誠。原先打打鬧鬧找不著入口的我和青，一靠近，也不由得肅穆起來。一進辦公室，楊瞎子一整尊端在那裡，閉著眼睛，也不說話。第一次算命，實在太緊張，腦袋一片空白，怎麼也擠不出一個像樣的問題，只好問大師，可以錄音嗎？大師搖頭晃腦，像是充滿自信，可以，請錄。我的天，竟然把第一個問題浪費在這裡，整個人萎頓下來。

楊瞎子通靈，蓋廟供神，修煉出摸骨神算之技。他要我舒開指頭，也不介意我滿掌冷汗，一隻大手就覆蓋上來。大師眼是盲的，手是暖的，暖暖厚厚的手像毛毯包裹住我的不安。然後，他開口了，緩緩說完了我的一生。

小姐啊，你命真好喲。怎麼個好法呢？

三十歲你會開公司，賺一百億，這命真正底子好。以後你的老公也真不簡單，人緣有夠好，會當交通部長。你們一定兒女成群。最後你一百零二歲壽終正寢。

大師的聲音那麼輕柔，像催眠，我走出房間整個人暈陶陶的，這麼美好的一生，想到就會笑出聲音來，想要獨占這麼優美的命，一點都不想與人分享，多怕說出來就破滅了。沒想到，等阿青算完了，推門出來，他也抿著唇努力擺成水平線，好像心底的快樂漲潮到稍有不慎就會從嘴角溢出來。

坐進計程車，大哥彷彿已經習慣問命後空氣裡隱而不宣的張力，車子也就沉默地開在山裡。終於，我們都憋不住了，不約而同看向彼此喊：「到底怎麼樣？你在笑什麼啦？」

阿青放低音量拉住我：「你知道嗎？楊瞎子說，我三十歲會開公司，然後賺一百億！」

三十歲！開公司！一百億！我快樂地扯住阿青的手，顧不得音量了：「我也是耶！」這說明了什麼？難道楊瞎子對每個人都這麼扯嗎？不，不會的，這說明，我們兩個人會合開公司，然後一起賺兩百億啊！計程車後座，我們好命是雙倍的，簡直無敵，可以征服世界那樣雄壯威武。兩個人痴痴傻傻，各自望著窗外晃動的樹影，努力平復心緒，但又忍不住嘻嘻嗦嗦笑出聲來。

在那一趟無比快樂的車程裡，我們都忘了距離三十歲大概也只剩一兩年，公司輪廓都還沒有，真要拿出個什麼創業基金也是七零八落。

算命最迷人的時刻是未來將來而未來的時刻。像許生日願望，明知道吹熄蠟燭也只是多了一歲沒有多長智慧，但每年還是要勤勤懇懇對著未知發願。

被命運之神眷顧畢竟不是日常，多稀有，發著光，舞台上只看得到自己。我忘了去想彼時愛人做記者，究竟未來怎麼當上交通部長的呢？還是，大師其實暗示了一段戀情的終結，與我兒女成群的終究不是這個人？

後來才知道，要習得摸骨之術，必須以健康，錢財，或者伴侶去向老天交換。像與神簽訂合約一般，討價還價，最終大師捨棄了眼睛，以自己的現世交付，向那個未知的宇宙破口縱身而躍，換來看見別人未來的視力。

為了什麼呢？

當然，大師收費不低，想知道未來，那你得老老實實掏錢買。算命與不算命的時候，大師都有聲線毛躁的伴侶，為他把生活安排得明明白白，炯炯有神。

再後來，住市中心，算紫微斗數，坐在我面前一雙眼睛睜得清清楚楚的另一個大師說，所謂摸骨神算，不是命理，還比較接近文學。他說，你想想，既然每一年命都被老天定得一絲不苟，那麼摸骨師還能做什麼呢？不過就是對著問命人的空中樓閣雕梁畫棟，照花前後鏡，花面交相映。摸骨師是鏡子，磨得亮一些，讓你照出花來。

在那一片姹紫嫣紅裡，我果然忘了，大師預告，雖然一生順遂，只可惜，命帶鐵劍，底子再好也無法化解。胸口插著一把鐵劍拖磨到一百零二歲又是怎麼樣的光景呢？在那一刻彷彿並不重要。我與青笑得幸福洋溢，笑得像創業有成的大老闆，笑得鐵劍也能磨成繡花針。

終於，車停下來了，我們闊裡闊氣跨出車門，背景音樂是〈The Final Countdown〉，人人見我們如發哥，我們從此要邁開步子，牌桌坐定，與命運之神賭一把。

「車資一共兩千四百五十元，謝謝。」窗縫中又吐出一顆大頭，司機大哥還是那樣淡定自若。原來等候大師替我們運命的時間裡，熄火的僅僅只有引擎，計費表生生不息。司機大哥不在牌桌上，卻笑得像賭神，笑得像命運食物鏈的最高階。

婚姻場景

這是一個缺乏高潮迭起的懸案，一樁在算命施論命館改頭換命的故事。

「有一件事需要提醒你。我在你三十八歲那一年，在夫妻宮看到了分離事件。」我張大嘴，感覺冷風灌進喉嚨，但算命師又說得那麼平靜如水。

算命施的論命館在一所我常去散步的大學附近，約兩坪。一方小的論命桌。一壺素淨的逆滲透水。三張凳。纖巧的木書櫃靠牆貼著，一派乖順，早先擺些古代論命典籍，後來算命施終於出了自己的論命書，主場優勢，也就理所當然簇新地占去海景第一排。

這樣迷你清簡，三言兩語就道盡的論命館，算命施硬是安插了一道窄的屏風，像設下短短一串登入密碼，將算命客通常不安的背影掩藏起來，不讓落地玻璃窗外偶爾好奇的過路人旁觀他人痛苦了去。因此，就算是初入這兩坪算命館的新手算命客，也會因為察覺經營者幽微的體貼，與這份捉襟見肘的努力，而稍稍安歇了防衛心。

當然那雕花鏤空的屏風，就跟過短的密碼一樣，防君子防不了小人。我偶然路過幾次也曾貼窗偷窺幾回，假想自己坐在裡頭算命時，大約也被像我這樣的小人隱約瞧出一些端倪。

第一次拜訪，虛歲三十，將婚未婚，為了寫一系列算命文，找到朋友介紹的算命施開盤，拿自己的命臥底。

「第一次算紫微嗎？」報完生辰以後，算命施問。

可不呢，雖然第一次正式算命，但也不能說是新手。家父熟讀易書，小時候替我排盤，天相坐命，目前為止都安分在幕後寫字，也是認命。為了證明所言不假，連忙找出預先準備好，父親手繪命盤一張，湊向算命施。沒想到他略掃兩眼，就自顧自拿出平板電腦，開啟一組看起來非常神祕的系統，滴滴答答輸入出生年月日時地。

不到三秒，一幅精工細鑄的紫微命盤，就被程式安排得妥貼穩當，從多功能印表機吐出來。

我忍不住為我爸前現代到淒涼的手繪圖感到委屈。當年必定也是合著命書斟酌著一筆一筆勾出女兒的未來。不過三秒，那略微顫抖的筆觸看起來又更陽春了。

算命施目光抵著平板電腦，像是試著向誰商量什麼，卻終究嘆了一口氣，圖窮匕現：「我改命了，你爸應該不會喜歡喔。」

我冷汗一捏。怎麼命還沒開始論就要先改命呢？何況問命的人誰真的想聽實話？不過就是人海茫茫，想問個水不覆舟，現世安穩的保證罷了。

不過，我爸的不喜歡，原來與科技無關。算命施說的其實是，他用自己研發的排盤系統，合朔校正中原標準時間，重新估算我出生那一刻，太陽觸到出生地的角度（且一絲不苟地以經度計算，121.5度）。於是，我的生辰因此提早了八分鐘。也就不過八分鐘，但在天干地支的時間運算法中，我的命卻咖啦啦往前挪了一個時辰，整個就，他媽的大翻盤了。

原來好端端的天相化印，命宮小格子裡父親徐徐筆記：「大公無私，有惻隱之心，人緣佳，有官祿，但易委曲求全」，看起來就是小時候打操行分數時老師會放心蓋上嘉獎，活得端端正正明明白白八面玲瓏的一個好女子。

結果，算命施微調了幾分鐘，一個珠圓玉潤的閨秀，瞬間給打薄成了孤剋的天梁坐命。一生浮盪，雖有消災解厄的能力，但沿途若無處處逢凶之可能，何需化吉的能力？若心裡有怨，走偏了就成囉唆又固執的老番顛，還十分懶散。

好像命運甩尾到並軌不夠悲慘似的，算命施又揪出伏在其餘各宮的擎羊、陀羅、鈴星，曰為賊星，娓娓描述。

擎羊，意表狩獵或者被捕。陀羅拖著網捕魚，代表空轉虛耗。鈴星有時意謂大變動，災難降臨，再加上火星，根本就是一場馬戲大秀，靈魂暗處總有猛獸偷偷亮出爪子，伺機刮花誰的臉。

算命施不慌不忙端出他的故事新編。新時代裡，馬戲皇后未必會有災難。畢竟，古代女人命盤最棒的設計，就是保她在婚姻裡安康多子。所有變動，空轉，獵捕，都是安康的敵人。但活在資本主義社會的新女人，如你，未必不能因為這些變動，空轉，獵捕，戲劇張力十足的表演性格，占一個好位置。天梁人適合在體制內安生，但你偏偏是體制內的奇行種，容易被人議論的女人，是比較辛苦。算命施說得激昂起來，像一個命理界的女性主義者，是時候替這些命運多舛的星宿們正名了。

一個新時代女性的戲劇性有什麼好處可得呢？

比如說，宜投資，自己賺錢自己花。

「所以，孤剋多災什麼的沒關係，至少我會發大財囉？」雖然學測數學三級分，好不容易申請上的寫作補助，要來支應算命田調的預算，竟然還能蠢到少填一個零。偏偏這些大仙論命，一個比一個昂貴，簡直賠本交易。怎麼想自己都不是理財的一塊好料，現下總算有了逆風高飛的希望。

「發大財，並不會。」算命施冷靜結束我的妄想，推推眼鏡。

很不巧，田宅宮空，具有獵捕性格的擎羊落在夫妻宮，財帛宮裡則是拖著空網的陀羅。很抱歉，這些星星待的位置很不巧啊，呵呵呵。算命施又推推眼鏡，說著抱歉的話，但聲音裡並沒有抱歉，反而有一種抑制不住的興味盎然，呵呵呵，有趣有趣，他喃喃。

所以，這到底意味著什麼？第一次臥底就危機四伏，寫作果然有賺有賠，是門高風險，難說不會有職業傷害的行業。我聽著聽著，覺得自己要當場融化在那一小方論命桌上。

本來只為寫作而來，一聽夫妻宮出事故，立即在大禍臨頭中感到一種熟悉，漫長的苦戀史突上心頭，對命運生起了雄壯之心。

又想起我爸畫的命盤，明明夫妻宮紫微化科、貪狼祿存，筆記很簡潔：「得好丈夫。」算命施手指停在已經改運的夫妻宮，上面記載「巨門、左輔、擎羊」。他的手指在空中比畫，娓娓道來：「你過去的交往對象，是不是都能言善道？」不只能言善道，還舌粲蓮花，對任何事都能說出一番特別的見解。「最重要的是，他們自信，風趣幽默？」對對對，超神，完全說中了我的口味。一看到舌尖盛開的蓮花，我就好想坐上去，最好坐成一尊救苦救難觀世音菩薩。

還沒說完呢。這些人，是不是都有一個或數個，與外在落差很大的內心破洞，個性上都有某一些致命的差錯，埋藏在幽默感底下？時間久了，那裡頭的暗影就跑出來了。呃，是這樣沒錯啦。正要辯解，算命施又說，所以你的夫妻宮啊，非常擠。沒辦法，你喜歡幽默光彩之人，又沉迷於人心深處的破損，於是難免有怨懟，爭搶，猜疑，彼此擠對。總是有人介入，總是有人必須半途離開。

聽到這裡，我簡直要哭，人生跑馬燈裡，屠刀都往自己身上砍。放下屠刀，我立地成魔。命已至此，到底還能改不能改？

「個性決定命運啊，本性不改，命能怎麼改呢？」

「擇偶的重點不在偶，在擇啊。」

巨門落夫妻宮，恐怕你標準極高，也不是好相處之人。算命施忽然不省話了，開始滔滔闡述：再看巨門旁邊的擎羊，說明你總是透過變動，空轉，虛耗，掠奪，保家衛土，在極高的戲劇性張力中，確認愛真實存在。所以，你愛的其實不是幽默光彩這些怡人的特質，而是幽默光彩照不到的陰影處。你就像經驗老到的抓漏師傅，探勘到最幽深的壁癌根源，自認眼力獨特，甚至沾沾自喜。

「你說的是沒錯。但是，當個戀愛的抓漏師傅這有什麼錯？」

你想想，心有壁癌的人，怎麼會喜歡隨時有師傅闖進門抓漏呢？誰不是勤奮拉皮抹漆，至少抹出一片亮麗外牆，好讓人遠看還可以是一棟穩固可靠的建築。這樣說來，你並沒想像中的無辜啦。你愛自己偵查真相的眼力，多過保住對方尊嚴的願望吧。若能苦海翻天，你才感覺自己是泡沫中冉冉升起的一尾，女·神·龍。

算命施咬牙切齒，句尾用力強調。一張口論我感情史論得那可是跌宕起伏，我的心也跟著高潮迭起，人生跑馬燈歷歷在目。一隻手指著別人，原來四個爪子還對著自己。

「簡單說，你最大的敵人，就·是·你·自·己。」算命施乾脆連抑揚頓挫都省去了，一字一句把我的命吐得乾乾淨淨，一塊骨頭都不剩。

聽多了摸骨、通靈，單方面把一生如流水帳，一筆一筆算給你聽的相命法，碰上紫微斗數真要跟你認真論命，還鐵口直斷個性決定命運，忽然就啞口無言。既然有許多自己參與在自己的命中，一下子倒無從計較起來。只是改命後，生命裡有些很難說清楚的荒唐，奇形怪狀的際遇，突然好像能說通了。難道這就是敘事的力量？

命已至此，看來不是買塊玉石，在窗口擺個盆栽就可以轉運的道理。雖然是那道「選咖哩味的大便或大便味的咖哩」的千古難題。不過，自己點的菜，上桌了，自己負責完食。不如，我是說不如，吃得再更慢一些，練習細嚼慢嚥的技術，大便或咖哩的滋味，舌頭會幫忙記住。慢慢吞，還助消化。

不過等一下，前面不是有提到，在我的夫妻宮看到三十八歲有分離的預兆，這要怎麼解釋？

「是的，而且跟合約有關。」這時候，算命施忽然慈悲為懷，談起他的獨門解方。既然與合約破裂有關，不如三十八歲時把房子賣掉，用房契換婚契？

偏偏是這個將婚未婚的時候，一切看起來都還有希望，我還能做出更明智的選擇，我還有機會搬運我的未來。於是死纏爛打，死賴活求，終於，算命施願意把我將婚未婚伴侶的生辰八字，滴答滴答輸入他的平板電腦裡。

也許能撼動我人生的世紀大合盤，正在這兩坪大小。一方小論命桌。一壺素淨逆滲透水。三張凳的論命館發生。我有一種奇異的感覺，屏風外路過的人還在一一路過，手繪命盤的我爸，還以為「得好丈夫」四個字仍乖乖待在小格子裡。可我的人生，無論裡面裝的是咖哩或大便，可能馬上就要被整碗掀翻，潑灑出來。

算命施把臉埋進平板後面，等了好一陣子，才探出頭。他的兩頰鼓起，好像藏了太多穀粒，一隻有口難言的倉鼠。

原來，從對方的命盤中，算命施看出了一些災難的端倪：「他有一個時強時弱，難以化解，終生為伍的，車禍。」只是很難說會何時發生，因為什麼發生，如何發生。要看走哪條路，騎什麼樣的車，遇見哪些人。

兩個人命盤相遇。盤合了起來，命改了過來。今日的我改了命，有可能提早了他未來生命裡災難降臨的時間嗎？我好像聽到鐘錶齒輪，咖啦啦往前挪動了一些。

親密關係原來就有風險，只是說不準，未來是我的命撼動了他的，還是他的命化解了我的。咖哩或大便，這婚要結不結，我伸出舌頭，清算關係裡的感覺與記憶，慢慢咀嚼。

走出論命館，陽光明媚，和平東路上的樹葉發出金光，遠看像一整排樹在熊熊燃燒。

那一刻，不足為外人道，我心裡有了答案。

孩子

雨已經下了一整天了，此刻還不停。

我把命盤遞出去以後，就焦躁到尻川花長皮蛇一樣，碰到沙發就卜卜跳，只好起身斜倚在牆邊，假意擺出一副名士執拂塵清談之閒散。唉唉大師你呢就隨便看看吧有什麼說什麼我也是算命老手了沒什麼不能承受的。手按在友人肩膀上，就怕緊張露了餡，誰知道爪子已經摳進鎖骨弄得他唉唉慘叫。好了吧，這下子尷尬之情反倒如湯包，一咬，吧唧吧唧，噴得滿室狼藉。

我總相信等待命運降臨的空間必須是神聖的。

每到一處陌生算命所，心有不安，習慣先四處嗅聞，鼠尾草，沉香，雪松精油，這些氣味像是某種職業認證使我安心，暗中檢評運命人對享有偷窺人類運算方程式的權力，是否抱有敬畏心。只是，這一次與未來遭逢純屬偶然，大師本來就不是什麼計時收費的職業算命者，他其實是小說家。小說家來到我家客廳，聊的原都是文學，可我們早聽說他命算得跟小說一樣精彩，臨走前經不住眾人打滾哀求，他才本著火象星座熱燙的腸子，接下了早已埋伏好的紫微命盤。雖然，小說家與算命師可能本質上是再相似不過的職業了，有時描述世界法則，有時穿透之，有時毀壞之。所謂人這一生的命運究竟如何訴說，如何拆穿，那是每個藝術家拚死都要迎頭撞上的偉大命題，若能揉捏鎚扁成一個十分鐘內便道盡的幾行直述句，不過也就平庸得像由遠古一百零八顆星星壯麗構成的宇宙神奧大書櫃上，夾在那幾億冊書中的，一張書籤。偉大又渺小，算命師的履歷，與小說家的創造。

大師把身體轟然往沙發上一靠，我便連忙換上脈輪音樂，期盼自己能靜心。但想及過往算到了什麼壞運歹命，走出算命所也就像結界消亡，我又能回到生活，把時間過成平常轉速。如今，大規模的未來將臨，忍不住暗暗擔憂把自家客廳變成神聖空間的我，若又算出了什麼鳥運，恐怕是要一遍又一遍卡在輪迴裡，像齒輪生鏽的秒針了。

此時，吾友慈悲，圍在大師身邊，以悲天憫人的微笑渡我。放輕鬆啦哈哈，他們說。回想起來，那是隱而不宣的慈悲，像知道災禍必來卻又能淨身出戶，同舟共濟的幻象。

算命畢竟是最孤獨的事。

客廳裡，除了我焦躁難掩，長吁短嘆之外，其餘三個人都屏息以待，盯住大師的表情，就連他被電風扇吹得微微飛揚的鼻毛，也有在命運決勝點發出S球的力道，一拍定江山，刺激可期。

終於，放下命盤，大師點點頭，露出生死瞭然於胸的表情。嗯嗯嗯，很好。喔喔喔，原來如此！咦咦咦，怎麼可能？每個本該意義虛胖的狀聲詞，忽然練就了前所未有的肌肉線條，就算最精明的修辭學家也只能傻了眼，吐出磨鈍的舌頭，唉唉這從何說起呢？（**求之不得，寤寐思服。悠哉悠哉，輾轉反側。**）終究懸置了筆，放棄了解釋。

大師拈花微笑，一張大嘴忽啦啦拉開，好戲開演前布幕升起一樣波瀾壯闊，結果話吐到嘴邊卻什麼都沒說，又把臉埋了回去。

佛曰，凡所有看相的，皆是虛妄。

可我還是想說，她馬的，算了那麼多次命，仍舊輕易在這個時刻被算命師的神情刺痛。最怕知心人有口卻難言，那瞬間我們是最親愛的陌生人，多想搖晃他的肩膀對著他的臉尖叫，別再忍啦延遲不是一種體貼啊快給我全部一次弄出來吧！

不過，這個山雨欲來風滿樓，高潮前夕的痙攣能怎麼形容呢，可能就像自己明明被鬼水怪潭捲入，恐怖尖叫，就已經有人徒手離水，爬上制高點。不但不拋個繩索搶救，還露出風水師諱莫如深的表情，悠悠哉哉，像個印象派畫家臨湖寫生，等待光影明暗起落，慢慢把地形走勢、水脈分布疊加成圖，哼哼哈哈沉吟半晌，不懷好意估量著在那張該死的堪輿圖上，我該被點描在何處才符合審美。如此一來，我的困頓掙扎，活該只是抹在遠處的一撇風景線嗎？

算命，莫非終究是算計大於救命？

落水者當然是要救的。願意替人算命的，大約都還有救人的赤誠。但真正老練的堪輿高手，總喜歡先觀察落水人生死一線，嗆水的那張醜臉，蹲在石頭上不被潑濕了視線，才能觀測問事人到底有多強的求生欲。畢竟，上岸活命的藥方，有時候可能十分凶險，願意受，不見得耐得住。

就這樣，在循環播放的脈輪音樂裡，好不容易等到大師的五官從命盤上連根拔起，卻又是眼睛鼻子嘴巴全絞進臉裡，憋著氣像要溺斃的樣子。完了完了，這個要分手又不忍說的臉我太熟悉。但凡八字，塔羅牌，紫微斗數，摸骨神算，所有把我全身摸透了的知心人，無一不顯露出一副抓猴立案的表情，既尷尬，又乾脆鐵了心把生殖器赤條條往我臉上甩，不過就是為了在最後宣布噩耗時能痛快一些：**親愛的，沒救了啊，你這一生，活得真是尷尬。**

經歷無數次血淋淋的時刻，一旁負責陪產的朋友已經熟練成膝反射，一聽判決便趕緊捏著我的手，把詠嘆調唱得極其美妙和諧，噢……吾友，你這沒救的一生，我們聽了也都尷尬起來了噢。

明明俗諺云，四支釘仔釘落去，才知影輸贏。如果算命師是搶在死神之前扶著棺木釘下第一根釘子的人，那麼總是被算命師寬慰著：「小姐啊你就認命吧」，卻還熱衷拉著朋友四處問卜的我，算不算著迷於表演活埋自己呢？

大師仍舊不發一語，沙發上兩位經常進產房的算友已經在空氣中嗅到了熟悉的悲愴味道，立即聚攏過來，捏緊我的虎口，吸氣吐氣，如臨大敵的專業布陣，是為準備又一次接生悲劇而擺開。

終於，大師開口了，他眼神堅定，緩緩吐實：「要我說的話，你呢，有一個，非常強壯的，**子．宮。**」

什麼？我有一個非常強壯的子宮？

如果這是九〇年代綜藝節目攝影棚的話，後邊的孔鏘老師就該見縫插針，趕緊在電子琴上彈幾個催促主持人作震驚狀的音效，讓我的陪產算友們戲劇性嚇得放開手，才顯節目精彩呢。雖說每一次算命後都像坐月子，多生養幾次，怎麼恢復彈性就熟門熟路了。但這全新的臨床判決，讓他們不知道我這一臉痴傻，是奶水多了還是少了，這底下的撕裂傷還需不需要縫合止痛。

經常被婦產科醫師用超音波棒推入，詳細探索，大圖展示，卻一次都沒有被好好評論過的我的子宮，突然鄭重地由算命大師好好稱讚了。

可是，有一個強壯的子宮到底意味著什麼呢？

大師的諭示聽不出擔憂或期待，沒有十字路口前指路的企圖，僅僅是最樸素的陳述：「你有一個強壯的子宮。」就彷彿能破壞規則，在大富翁遊戲另闢捷徑，既裝得下命運，也容得下機會。我沒有想到自己會經歷一個奇士勞斯基式的時刻，在他的電影裡，人類多數時間都在命運與機會兩張牌卡前艱難徘徊，是什麼構成了人類的旅程？原來問題與答案，都在我無視於時間，能生養也能毀滅，永不衰老的子宮裡。

我想起方才報上生辰八字時，並未言明自己最想求的是什麼。但擁有一個強壯的子宮，為什麼比起被宣判必須辛苦度過一生，更讓我想流淚呢？

是這樣的吧，在這個什麼都尷尬的年紀，一個論文卡著好多年的女博士生，事業學業不上不下，既相信女人當自立，又時時被提醒品質再好的蛋也有保鮮期，生與不生，永遠是個問題。那麼，一個女人為了完成自己又該拿什麼去換取？

通常，算命師瞧著茫然發黑的印堂，揣測著眼前這年歲女人的煩惱，最保險的說法，不外先算事業，再看感情。可是，問事業，得到的都是大器晚成，搖頭嘆息，莫急莫趕。再問感情，則女人感情事業難兩全，老公心花能怎麼辦？就得練心法，忌諱長征遠遊。命算多了，大抵得出的命數如此，不免感覺像看謎片，雖然情節換湯不換藥，但還是甘願買會員看無碼高清，也不過就是期待最終高潮的那片刻能短暫脫俗絕塵，超凡入聖。

你在命運之外，你不是你自己。

八字，塔羅牌，紫微斗數，摸骨神算，我經常還線上擲筊問七王爺。情節相仿，有人說命不能多算，而我總是期待高潮但高潮不來。不知道是自己一次又一次把命算薄了，還是遠處與不遠處也有無數張趴在命盤前茫然的女人的臉，殷勤問著自己或許已經知道的答案。

我沒有告訴大師，在與他一同坐在客廳問命前，曾有通靈人指著我背後說，有一個孩子已經在我身旁跟了兩年餘。他甚至能細細描述這孩子的長相，白白胖胖，一張大臉，彎彎的眉，十分可愛，還很倔強，非得投胎做我的小孩。得此消息，完全沒有為人母的喜悅，只浮出大寫的慌亂。不會吧，怎麼辦呢？我正在畢業的緊要關頭，就算畢了業，也得趕快把自己擲入市場卡位，要是先生了小孩，大概連論文都要滑胎，還找什麼工作呢？

「拜託了，有沒有化解的可能？」或者乾脆請那孩子另請高明，找個好去處？

通靈人明白女博士生種種難處後，眼神穿越我，連連朝後方空氣指點比畫，經歷一番激烈生動的談判交涉，無可奈何魂落去不信青春喚不回的長吁短嘆，轉達孩子的意思：「他已經認定你了。」

本來，他還願意耐心排隊，等我對當一個母親終於有全副準備的時候再投胎也不遲。只是等著等著，我竟然諸事延宕，一事無成。如果再猶豫，他的魂魄就要永遠成為人間孤兒了。所以，未來的這一年，男孩用盡一切手段，都會進入我的身體。

聽著聽著，我護住子宮，又覺徒勞，簡直快哭出來。不能再等一等嗎？至少讓我把論文寫完。一個還沒準備好迎接孩子的媽媽，應該會成為一個不快樂的媽媽，養著不快樂的孩子吧。

通靈人臉上的為難再也掩藏不住，但還是耐著性子解釋：男孩雖然活潑胖壯，卻有一顆玻璃的心。如果這次投胎不成，他也不會願意再讓別的孩子進入我了。總之，如果接下來一年我有心阻撓的話，這一生，我將注定無孕。

「你好好想想，如果這輩子都不想生的話，我再告訴你阻止他投胎的解法吧。」

可是，這種事，怎麼樣都無法在幾分鐘之間好好想想就能作答吧。這輩子還長，我如何能在此刻確知，未來的我究竟能成為什麼？我又如何能在此刻確知，拿有可能成為人間孤兒的兒子，拿未來無數有可能成為我孩子的孩子，去換一個未必能成就什麼的我自己。這會是一筆等價的交易嗎？

我終究沒有開口向通靈人求解。

這些看起來荒謬的心思，我是無論如何也無法厚著臉皮向任何算命師求助。怎知被讀了無數遍的命盤，竟然被讀出了另一種劇情，僅僅是那一句平淡的描述：「你有一個強壯的子宮。」

就像光芒萬丈的小說開頭與結尾，總結了一個人物的機會與命運。

我彷彿終於經歷了超越命運，我不是我自己，奔向高潮的那一瞬之光。

可是，我忘了，高潮無比孤獨，是只有一個人能到的地方，簡直與死亡相等。那畢竟是不容結伴的旅程，所有歷劫歸來的人，也都兩手空空，言語不能。這是算命的魅力，也是算命的危險。

我好像抓到了化解之法，忍不住對著大師從頭至尾細細道來。說我尷尬的一生，說通靈人，與身旁看不見的孩子。如果有一個足夠強壯的子宮，那不就意謂這樣重大的抉擇不必急於一時，畢竟此生不孕的詛咒沒那麼難破解？

大師聽著，彷彿對讓我苦惱至此的幽靈小孩有些不滿，決定提早進行胎教，瞬間又變回火象星座小說家生動勇猛的樣子，對著空氣揮出拳頭教訓了一番。

去去武器走。喝嘿喝，大胖小子你別來搗亂喔！

雨聲漸歇，聚攏在客廳的算友們眾志成城，齊聲高唱，走吧孩子，你走吧，Time to say goodbye～～Con te partirò～～

此後的時光我多麼輕鬆，甚至無比快樂，這種輕鬆加愉快讓我養出了與胖小子絮絮說話的習慣。孩子，我在努力了，能夠等一等媽媽，再給媽媽一點時間嗎？

話越說越親密，他變成了我最好的聽眾。

我因此充滿了感激。

孩子啊，你的小靈魂是如何在這麼大的世界找到我，認定我當母親呢？

說著說著，我強壯，無所不能的子宮，好像提前經歷沒有發生過的孕程。我們之間長出精神的臍帶，繫著幽靈小孩，讓他不必飄蕩在人間。我用全部的養分，養護著尚未降落於我的子宮的他。

我以為自己確實擁有穿越時空付出耐心，溫柔指引人的神祕力量。後來才發現，在那一段愛與信念如泉湧的時光，我未必真正像一個母親，卻可能更貼近一個算命師。

幾個月後再見到通靈人，他滿臉抱歉，告訴我胖小子已經不在了。

「抱歉啊，都是我一時衝動洩漏了天機，低級錯誤。像我們這樣的人都知道，未來的事情不能說破。」

他低聲安慰，別擔心，如果是胖小子選擇離開的話，未必會怨懟其他尚未報到的嬰靈們，說不定，我往後還是能順利生養的。

一直到現在，我沒改掉和胖小子說話的習慣。雖然不曾流產，但仍感覺身體像一座忘記換冷媒的冰箱，所有食物都流出了湯汁，在深處發出餿味。

會不會是我的錯呢？如果不曾向任何人坦露命運，這孩子在機會與命運之前，或許就不必獨自翻牌。

終究，還是把命算薄了吧。

這麼說來，是我親手謀殺了不曾擁有過的孩子。

可畢竟不曾真的喪子的我，所有悲傷都像預言失敗的災難，再去張揚，只顯得不合時宜。

於是，想說的話只能悄悄說了。一個人走夜路的時候在路燈下說，淋浴的時候在蓮蓬頭下說。孩子，一路小心。

高潮無比孤獨，是只有一個人能到的地方，簡直與死亡相等。
這是算命的魅力，也是算命的危險。

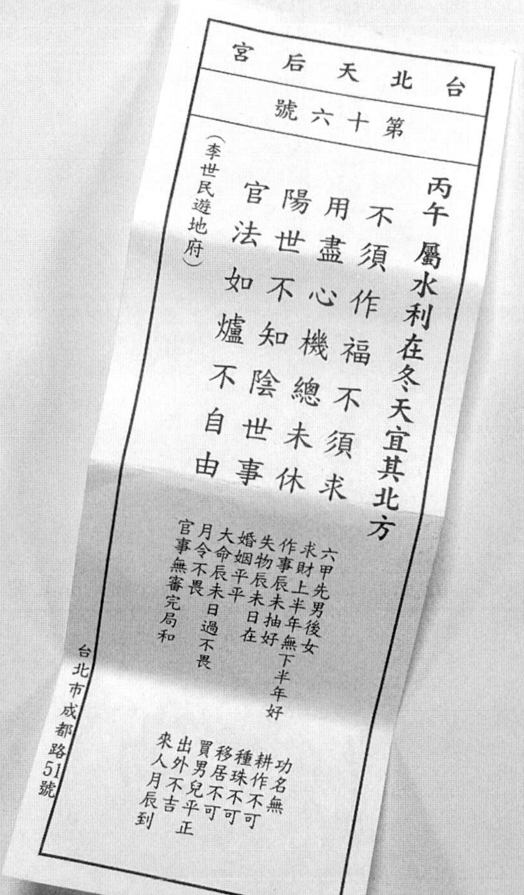
台北天后宮

第十六號

丙午　屬水利在冬天宜其北方

不須作福不須求
用盡心機總未休
陽世不知陰世事
官法如爐不自由

（李世民遊地府）

六甲先男後女
求財上半年無下半年好
作事辰未抽好
失物辰未日在
婚姻平平
大命辰未日過不畏
月令不畏
官事無審完局和

功名無
耕作不可
種珠不可
移居不可
買男兒平正
出外不吉
來人月辰到

台北市成都路51號

得痔

算工作算感情算發財，我在各門派算命仙桌前問過無數回診，帶著哪一種身分而來，就算殊途，也都同歸於盡。其實人活著不就寥寥幾筆，問來問去就這麼幾件事。當然三十歲以前怎麼活才是活，排序還不太一樣，以價計時去論命，總先急著問感情再問工作，對發財不抱希望，到末還剩些零星時間，再請仙人們算算疾厄。

這排序多奢侈當年我是不明白的。有餘裕的人多半很難感知餘裕，在所有能光宗耀祖的人格特質中，餘裕可能是最黯淡無用的一個。

年少時祈福，誰也不會蓄勢待發地去許什麼此生要做有餘裕之人這樣的願望，未免太沒志氣。況且餘裕多半先要有匱缺發生，立在風暴眼中心，望著四周被掃蕩成荒地的原野，對於剩下來的一方寧靜才容易生出富足心。

所以說要能感受到那富足心，還得先站進風暴裡。

於是，二十幾歲感覺自己簡直什麼都不缺的時候，像個土豪去提領健康，沒日沒夜暴飲暴食，終於過早迎來胃食道逆流偏頭痛齒牙動搖記憶力衰退下體雙道發炎骨盆位移乾眼症，或者中醫皺眉經常說起，你就是體內濕氣太重，所以小腹太腫。諸如此類，教我疲累時心神濕透的新傷舊疾。

這才搞懂十幾二十歲的命，是用現金卡揮霍，存款始終有限，而債務必得清償。

剛剛走進暴風圈的三十歲，那一年，意外在算命施論命館徹底改命以後，我每年都定期回診。說到改命，許多人去問命大概都不會甘願停留在預知而已。必須知命而後能改，善莫大焉。可是又常常在確診一個厄運連連的未來後，無力購買大師祭出的開運水晶發財聚寶盆轉運天珠，那便是算命後動物性感傷了。

但我的改命之旅完全不是這麼回事。

虛歲三十第一次拜訪論命館，起初也不真是為了解惑，更多是做田調找題材。彼時，我計畫寫一系列算命文，還認真申請了創作補助，在預算表一筆一筆刻上算命費，自己都覺得好笑。計畫通過後，正式與命運交手，拿自己命運臥底的寫作計畫，蓄勢待發，於是四處找朋友介紹靈驗的算命師。從友人老琦那裡聽來一間還沒開始有名，價格與地理位置非常理想，又不需為了搶預約名額向誰卑躬屈膝的命館，自然成為我的問命初體驗。「而且他說我跟女生在一起比跟男生好。」老琦抓著我的手不忘補充，原來是一間同志友善的命館。

可是，就在那一天，本來我被家父算得一身好命，結果，算命施使用他獨門研發的密技：經緯度和朔校正術，給改成了一張苦海女神龍的盤，我沒聽過改命是越改越悲情。但他隨即拿出一疊唐代文獻佐證，還說得頭頭是道，文本分析，指出我巨門、左輔、擎羊擠在夫妻宮，一生苦戀，但實在怨不了天，都是個性使然，咎由自取。

研究生如我雖然冷汗一捏，內心兵荒馬亂，眼看算命施文獻回顧做得紮實，研究方法清清楚楚，不由分說就信了命了。更何況，上論命館前，我在全國碩博士論文期刊網意外找到算命施以《易經》為研究對象的碩士論文，立即下載，讀起來那可是津津有味，此等論命法實在太對研究生胃口。

不過，算命這一門說故事的技術，命理師就著星宿座落位置、移動路徑，有一說一，不允許太多自由發揮，以免過度詮釋。只是去問命的人，誰不深深希望在有限中抄寫一個安身的方法。說起來，也許與信仰相去不遠，還可與看病相提並論。論命時，人們之所以願意垂首、願意臣服、願意服下苦藥後還合掌膜拜，不過就是茫茫人海中，想求個水不覆舟，現世安穩的處方。

偏偏算命施搖頭。你這命其實談不上壞，只是太愛困頓掙扎，要等老年才會真順遂起來。

明明沿路找寫作題材而來，卻像是被診斷出隱疾那樣，一時感覺擱淺，又在診斷書裡被命運賦權。離苦得樂是修行，但原來病與苦還是自己眼睜睜挑選來的。從此意志上真正成了一尾天梁坐命，乘風破浪的女神龍，練習看向自己的壁癌，苦海中游出花來。那一年，我結了婚，說不清楚究竟是順命還是改運，從此以往，感覺能揮霍資本的年年淺薄下去，是健康的，也是情緒的。因此逐漸懂得心神濕透時，認輸，把問命當搏命，養成年年回診的慣習。

後來我帶六十餘歲的老母去算命。她經驗老到，簡直把論命館當復健科經營，一個疾厄宮從廳堂到臥房整宮室問個明白仔細。老母就像核對購物清單一樣，逐條問完自己的病後，又追問了阿婆的病，幸好長命百歲。再乘勝追擊問我的病，也就是不甚出奇的文明症。最後加碼問老父親的病。我想這太像我媽了，總是操煩著我們的病直到她操煩成病，她便是這樣一個連算自己的命都要把整個家攏在一起的人。這時候，算命施破例拿出 Google 地圖，詢問新家地址，原來看病還要結合風水。端詳甚久，曰，此地庇蔭兒孫，福報代代相傳。「只是啊……」算命施頓了一頓，停一個尋找措詞的空拍。「只是呢，住在裡頭的男性，要是到了老年，容易血管爆裂，如果要長久居住的話，不可不慎。」

我想到老父便是血壓高、血糖高、血脂高的標準三高患者，忍不住大叫一聲，暗想新家就算庇蔭子孫，也斷斷不可長居。

轉頭看老母，她此時卻異常安靜，像是在心底繪製命運轉盤，重新運算該庇蔭誰該犧牲誰的排序。不知道她的夫妻宮裡是什麼樣的風景？但我對前去探勘壁癌突生疑懼。結果，相較起算疾厄宮非得問個明白仔細，六十餘歲的女人算起夫妻宮，是走馬看花，匆匆逛過，又催足馬力，回頭細細追問起弟弟前個月歪掉的尾椎骨。

去年，我命凶險。算命師說身強體健，倒是有骨折之劫，過馬路易被車撞。於是我天天嗑鈣片，為未來的斷腿儲蓄。

倒是真正惱人且普遍的病，無論哪位仙人，也都沒聽他們提起。那是各種意義來說，都真正尾大不掉的痔瘡。其實論命師告訴你怎麼活，主要還是爭取補足缺損，誰不將年年有餘當作祝福。可痔瘡是這樣一個尷尬的多餘，發作起來簡直不能當它是什麼鬼祝福，還羞恥到不能向神仙傾訴。不過這徵狀多走多勞動的人少有，那麼，常常久坐納涼人的命，好像也真的不得不說頗有餘裕了，只能視為一種償還。

誰知老母卻是一派雍容，勇往直前問落去：若母女得痔，有無大礙？深怕女隨母命那樣的問法。我一口涼水含著，差點飛噴出去。算命施頓了一頓，這才悠悠談起，八字火炎土燥易患痔瘡，屬於先天不良，應後天補強，多多飲水，是為上策。原來命理還是無差別地看顧著那些被看作不潔的，羞於啟齒的器官與病症啊。

老母搖頭，十女十痔，八字除論庚金主大腸，也該論子宮擠壓直腸，論經前腹瀉論月經失血便祕，論妊娠內臟大挪移論月子久臥久坐不起。最要緊的，還是要論論那些壓在心頭，到不了口，鬱結成塊，原以為能共生，日裡行走卻突然隱隱痛起來還血不能止的傷痛。六十餘歲的女人論命不怕髒，苦心經營，事無鉅細，就地取材，以身體為田野坐鎮疾厄宮，才真是一尾強健的女神龍。論起病，說的都是心，說起心，又都是實實的身體。

後來少帶人算命，怕意外見人鬱結成塊的，不如等人開口。

我陪過親密的人去醫院治療痔瘡，一次奇異的陪病經驗。診間門沒關緊，對方在裡頭問命問得是戒慎恐懼。但醫生大聲追問排便習慣、肛門疼痛指數，也算得是頭頭是道。我想，在關係裡我總害怕自己是增生物，也的確經常敏感於自己的多餘。只是那一次在診間外，我感覺對方命裡最難論的壁癌，竟突然就交到自己手裡，火燙燙的，不多不少，裡應外合，心中突然也生出片刻餘裕。

不過，關於陪病／命，最慘烈的一次，還是三十一歲那年，算命師對著A男的疾厄宮驚呼哇喔太特別了，沉吟許久，方才說出：「你恐怕要小心性病。」A男撓頭傻笑，算命師忽然抬眼看我，意識到了我也在診間內，尷尬到收拾不了自己。又是一個尋找修辭的空拍，才忙不迭道，上公共廁所可能要謹慎喔別碰到馬桶喔。

雖然至今仍不清楚是什麼樣的機緣，才有可能在公共廁所與尿斗摩擦生病。但對算命施的故事新編，畢竟也感受到許多的善意，因而心生感激。

那次，我是陪新婚不久的丈夫去算命。

小神通說我晚年死得像一頭大象

吾夫從廁所踱步出來以後，便悶悶不樂把自己折進沙發裡，半天不說一句話，實在不像他平日如廁後從不吝於向我鋪張暢快的臉色。基於一個生活伴侶好像該五感共構的道義，我還是盡力前後左右蹭到他願意吐實為止。誰知道，他剛開口我便後悔，有些話題實在就該讓它深埋地底，我何必熱心招喚它們出土。

吾夫不講已矣，一開口，抱怨就滾滾而出和沙漠金字塔裡的死亡大軍一樣凶猛。江湖行走到這個歲數，我早該想到，有時你勤勤懇懇去摩拳擦掌，最後彈出來的東西不盡如人意還不打緊，最難辨的，是塞不回去。

這時候只能勉勵自己幾句：了不起，負責！畢竟是自找的，然後牙一咬，勤勤懇懇去軟化。

「好啊你說，這張紙從哪來的？為什麼要詛咒我七十二歲就死掉蛤？你那麼希望我早死嗎？看你怎麼狡辯啊！」吾夫手裡攥著一張揉皺的黃色便條紙審問我，說是在廁所角落撿到的。

喔幹，該怎麼解釋呢？這根本是史上最簡單的抓猴。不幸的是，吾夫手上的便條紙，明明白白就是我幾年前與小神通命運交合的殘留物，是生是死，一條一條都清楚寫在那裡了，無從抵賴。

30 七十二歲老公死掉。

31 活過八十五歲，終於做自己，享受一個自由的晚年。要先跟子孫說好死到臨頭萬萬不可急救。一經急救，你必成要死不活，求生不能求死不得的廢物。

吾夫不知為何以一種參加大中華美學朗誦比賽之敞亮儀態，鏗鏘辨識出紙條上的潦草字跡，好像他越字正腔圓，我就越該自覺歪斜。雖說興師問罪的場面從小到大誰沒經歷過幾次，也都儲備個一招半式來頂嘴。但最怕的，還是被別人以自己的話甩巴掌，甩得啪啪作響。能怎麼辦呢，話是自己說的，開始錯了，結局總不能全盤皆輸，只能額手稱慶，把巴掌拍得像鼓掌了。

那時真是怨死了當初陪我算命的朋友。雖然應該稱許他發揮了一個好算友的功能。速寫能力之拔尖，所有細節轉折分毫不差都給記上了。儘管我每次算完命，回想剛剛曬被子一樣被整張抖開的一生，多半只剩考前重點整理，沒有畫螢光筆的部分忘得乾淨。

只是小神通不一樣。

小神通的算法缺乏警句，稍嫌囉唆，近似小學生寫聯絡簿時敷衍老師的流水帳。明明說了一大堆使人法喜充滿，或者威嚇恫嚇的預言，但仔細想想怎麼好像什麼都沒說，很難斷句，也不便引用。那倒也是一種具有外交才幹的語言策略（而且還不能錄音得全憑記憶，日後要拿證去問罪就難了）。

因此，走出他的算命室，通常都不免惶惑，我是誰我在哪剛剛在幹嘛。

幸好，多年周旋在各門各派之間，命運花蝴蝶如我，吃瘪經驗多了，就知道欲善其事先利其器多重要。

求不同的神問不同的卜，當然要帶不同工具，與，工具人。

若說念博士班給人生帶來什麼有用的啟示，那就是行前研究搜羅得越詳細，就越不容易做白工。去找小神通之前，網路上早有不少先烈們熱心提醒，大師說話囫圇吞棗，吞下去的音比吐出來的多，命運花栗鼠一樣，越靠近關節處的機密，他就越往臉頰裡藏。所以，若要找小神通算命，最好攜帶一位信得過又機靈的友伴同行。

最好信得過是因為，江湖上人稱小神通為小烏鴉，他不像一般算命師，有怕傷人心的仁慈也好，有討好顧客的機巧也罷，總揀好話起來講，說到不中聽處就掩嘴繞路走。

小烏鴉沒在怕，他一開口句句都能從你想不到的軟肋戳下去，以至於聽他報信，就像拿解碼棒清掃馬賽克那般刺激。

不想在朋友面前曝光出糗，不想讓人把命運股溝的爛瘡偷渡出去當茶餘談資，那就得審慎評估與同行友人的交情了。這既是人品考驗，也是有備無患。因為走出小烏鴉算命室的前輩們，莫不是浩劫餘生，雙膝發軟，為避免跌得太難看，總還需要一雙耐心的手接住自己。

必須機靈又是因為，聽說小神通算命的路數只應天上有，人間難得幾回聞。一坐下來，不囉唆，生辰趕緊報上，吞吞吐吐的話，小神通便面露不耐。但生辰報上了，他又一臉與世無爭，彷彿胸無數字懶於加減，且不曾拿出紙筆比畫一番。所以肯定不是在內心暗算八字，亦非斗數排盤。接著，小神通要人遞掌伸爪，他首先略觀掌型，再閉眼微微撫娑掌紋，望聞問切，比老中醫的手感還精緻，但又比摸骨神算掌心交合如同熱戀要再潦草些。

略略知悉掌紋走向之後，精彩的單口相聲就正式開演了。

從你出生到死亡這些年將幹未幹的種種好事壞事，小神通一歲一歲，唏哩呼嚕報給你聽。那個報法是大紘嘈嘈如急雨，小紘切切如私語，訊息流量是水龍頭還是沖馬桶隨他調節，總之不會因為你來不及記他就願意緩下來等你。但是，別忘了小神通又名小烏鴉，報命的衝擊力少見大珠小珠落玉盤，多是彗星撞地球。災難撲面的時候，通常人只能本能地目瞪口呆，哪還顧得上低頭素描末日。就是此時，你會慶幸身旁友人能以老練祕書之冷靜，替你盡數手抄下來，供你來日仆街時說，唉呀，我確實用千金買了一聲早知道。

吾夫像念死亡筆記本一樣，念出來的三十條與三十一條，正是小神通單口相聲的謝幕詞。

大概是前頭下手太重，見我臨尾已是尋尋覓覓淒淒慘慘戚戚，小神通突然像是要安慰我一樣，報完老公死訊之後，反覆解釋，我晚年獨活是為了留下來享福。前面的感情債還完了，久違的單身如久旱甘霖，臨老還能馳騁草叢十三年，終於為自己活一遭，那還不叫快活嗎？小神通也不要我答，自顧自往下說，不過，最重要的一點，你死也最好是一個人安靜死，比較清幽啦，不然吼，子孫捨不得你，插管下去，就整組壞了了，直接變成植物人再躺五年，神仙都救不了你囉。

友人遠比預期更詳盡地替我記錄下來。約莫是要提醒老年的我，毋忘初心。人到八十五，最好像一頭老年大象，走到無人跡之他方，自己去死。想想，這種高度自覺的死法，乍看孤獨，實則優雅乾淨。不必麻煩子孫圍在病房外聲勢浩大地去開一場要救不救的辯論賽。也不必躺在冰櫃裡被畫成一根五顏六色的冰棒供人參觀。

不過，突然得知自己七十二歲就要先走一步，而且還是走一大步的吾夫，顯然還沒活夠。心有不甘，當然沒心思替我晚年的自在清幽開心。他更關注為什麼我沒有在喪偶以後要死要活？

他指著第三十一條，開始文本細讀。

「什麼叫做終於做自己，用『終於』是什麼意思？」

「『享受』自由自在的晚年這裡確定沒有用錯詞嗎？」

「好啊！難道我活著讓你受罪，讓你不自由不自在了嗎？」

看著眼前男子這樣字斟句酌地計較，來回校訂他的死期與我的餘生，尋尋覓覓淒淒慘慘戚戚的樣子，我突然有點懂小烏鴉為什麼臨了蛤蜊吐沙一樣，吐出星點仁慈了。

其實，命數被說出來之前，就大勢底定，有點慘再多點綠的人生，最多也只能想辦法把那個綠修剪得清爽些，讓那個慘能慘出一種景觀。

一個算命師再怎麼修煉，多是把自己煉成一條宇宙的通道，鬼神的人間總機台，轉達多於決策。那些匯款就保證改運的神仙們，我實難全心相信。小神通派別雜蕪，因而業界傳說他法力都靠滴血養小鬼來。

（確實也飛天遁地替我把命如數運過來了。）

（再想想他身後那密密一排待領衣物後不知道藏了什麼，誰會找他乾洗衣服。）

只是老公要死不活這種事他同樣束手無策，而我還有十三年要慢慢跟這個世界磨，怎麼辦呢？再神通也就是兩手一攤：「自己的長照自己罩。」

過了四十年，只有一個廠商標案的共構人生，七十二歲還能重建成另一種不沾黏的單軌活法，想來也不能算是晚景淒涼。但如果拿自己氣長去安慰人氣短，聽起來未免有點得了便宜還賣乖（即使年年都有末日預告氣長只是死得壯麗些也未必有好處）。什麼親密關係要泯除競爭心，自己失敗了要笑對伴侶的勝利，道理說著好聽，做起來有多壓抑。含淚祝福這種故作優雅

的演出，到底是讓衰人好過還是讓福星舒坦，誰也說不清。

事實上，有多少苦苦去問事的人，心頭真的揣上什麼過不去的大事呢？像我這樣無事生非，喉頭卡著一點小刺就哭天搶地，怎麼辦大師快來人工呼吸喔的人他肯定見多。算命的職業傷害，除了偶爾必須向神交換器官或伴侶之外，更嚴重的怕是情緒勞動，經常還有創作瓶頸。

畢竟故事框架不是自己搭的，作為神的影子寫手，也只能想方設法節外生枝，偷偷抽換形容詞，加油添醋劑量算好，才不偏離航道。他最好把悲劇說得圓融一些，又在喜劇裡設點障礙讓角色不忘形。總之，不要小看命運企業家的社會責任，把命說得太好了，人會就地躺下。把命說得太壞了，人還是就地躺下。但如果越來越多人躺下，那還站著的人大約也不用算了，就知道他有夠歹命。

你看，要避免人類集體躺成一片末日光景，算命師把人命說得恰如其分的功力，得有多精巧。

我到底相信自己命不算頂壞。比如說，吾夫撿到的這張便條紙上，恰好是上一張紙寫到盡頭，換一張新的就明列死期兩條而已。他若是看見前頭一字排開的二十九條，陽壽再輕鬆折個十年不是問題。

幾年前，我與友人循線走進小神通在鬧區執業的窄弄內，一抬眼，算命室招牌竟掛著XX專業洗衣。一時心慌意亂，預先備好的問題瞬間垮掉幾成。以至於推門進了洗衣店，目擊小神通就端坐在一片衣服海中侃侃而談，把人臉當衣服洗，把人心當衣服燙，肩上還有一隻長毛老貓陰沉沉瞪著你的詭異景色，心中只剩慘澹經營的白卷一張。

幸好在我抽號碼牌之前（是的就是像到銀行辦事一樣抽號碼牌候位），小神通已經喊了一名中年大叔先行刮鱗處理。

小小的洗衣店沒有隔間，算客們魚貫靠牆排排坐下，舞台中央展示著小神通替大叔把脈問診的全景。他聲量之有穿透力，絲毫沒有藏私的打算，整間店的人都屏息聽命。

「你有什麼問題想問？」

大叔報完生辰後，神色緊張，不知所以然，顯然讓小神通失去耐心。好你沒問題我就直接講了，張先生你前半生工作運感情運不過不失，真正講起來最大的問題是你其實姓陳不姓張，然後你會在四十七歲才發現這個天大的祕密，從此家破人亡。我們看不見大叔的臉，但整間店的算客，好像都能聽到他後腦勺正在嗶嗶剝剝燃燒。小神通丟下重磅炸彈後，就離水蚌殼一樣閉嘴不言。我和友人忙著從他剛剛報上的生辰推算，啊，原來，大叔今年不就恰好四十七嗎？

張先生（此刻或是陳先生）沉默起身，背對著算客們，彷彿在努力清洗表情。幾分鐘後，才又倏然轉身大步推門而出。我們只聽到他對著手機尖叫：「媽你到底……」餘下張媽媽與隔壁老陳的愛恨情仇，在玻璃門關上後就無福收聽了。

才剛剛目睹你的孩子不是你的孩子的身世之謎，接著小神通就喊我的名字。

承蒙張先生用血淚種下的樹，我與友人提頭上陣，一坐下迅速報完生辰，不等小神通開金口，我便吐實。

「神通不好意思想請教，明年我會結婚嗎？因為之前——」

小神通一個眼神截斷我的話頭，微微翻弄手掌後，閉上眼睛娓娓道來。

顏小姐你去年不會結婚是因為有親人過世要等對年。明年要辦婚禮是沒問題的。不過這幾年命裡劫煞不會輕易化解，要結婚可以，只是還是要有兩個人死才能擋煞。幸好你將來會流產你的小孩已經先抵上一條命，另一條命就是你的家族長輩。至於要怎麼化解也不難，你去廟裡替長輩點光明燈迴向他們就會逃過一劫，到時老天自然會選另一條命去抵。

如果這是一個實境秀，有機器貼身錄影的話，我下巴黏在鎖骨上的痴呆表情，一定能刺激不少收視率。小神通眼皮連掀都沒掀一下，又唏哩呼嚕開始播報人生大事記，語速快到好像透過他嘴巴說話的是另有其人……

三十二歲你跟你老公有一個人會外遇，能不能度過是關鍵。

三十七歲到澎湖買樂透彩一定中大獎。

四十三歲你會跟小狼狗好在一起。

四十六歲小狼狗跟你分手還會騙你一大筆錢。
五十歲老公跟小三被你抓姦在床……

事實上，小神通說到這裡，我整顆腦袋已經轟轟作響。友人低頭刷刷地記錄些什麼？整間店張得大大的耳朵們又聽到哪些？接下來小神通又說了什麼？我已經管不了了。恍恍惚惚從椅子上飄起來，看見小神通肩上那隻老貓，藏在毛裡的嘴對我笑。不對，貓怎麼會笑，應該是我被嚇癱了看到幻影，畢竟連怎麼離開洗衣店都毫無意識。

不過恍惚之間，我看到了小神通身後那一排待領衣物的縫隙間，藏著一方小小的閃著微火的祭壇。（是啊，究竟是誰會真的拿衣服給小神通乾洗呢？）

出了陰涼的巷口，正午烈日曬得我天靈蓋發燙，這才終於清醒過來。一回神，竟然連自己最開始問了什麼問題都沒有印象，只記得關上玻璃門前聽到後來的阿伯扯開嗓門問：「大師你幫我算算這次王金平會不會當選總統。」

所以，我是誰我在哪我剛剛到底問了什麼？

「喔你一開始問的是明年會不會結婚啊。」

接過友人替我速寫的生死簿，潦草的字跡上好多死，好多外遇。最開始掛在心上的問題還有重要性可言嗎？看起來真的是蠢極了。就像看偵探小說不小心先翻到了結局，我對愛對婚姻還有的一點憧憬與好奇在那一刻開始，也在那一刻結束。

與小神通短暫交手之後，那幾張便條紙被我塞進大衣口袋裡，再沒有拿出來回顧過，恨得簡直一條都不想記得。不過，暗暗地，一返家我還是把家中長輩的名字列出來，到廟裡替他們點上光明燈，祈願我的婚禮與所有人的生命皆能相安無事。

隔年，我結婚了，只是喜宴桌上空了一個座位，多了一雙碗筷。

後來，我常常在想，如果當初點光明燈沒有漏掉那位家人就好了。他與我的小孩拿命，究竟替我換來了什麼呢？總是被罪咎感重重掛在頸上的我，從此在關係裡太常卯足勁全力以赴，又太常癱倒在地放棄掙扎。站站躺躺，末日還沒來，也不確定是我還是吾夫比較歹命。

三十二歲那一年，我戰戰兢兢，戒慎恐懼。可是，誰也不知道，為什麼在恐懼裡，我竟然還有一點點，一點點，近似新生的期待。

三分女人

有位讀人類圖的智者鵝鵝，給像我這樣的三分人的寫作指南是，停止垂死掙扎，走出門，讓世界的聲響充滿你（的裂縫）（好吧這是我自己加的），大膽往人堆裡找靈感去呀。寫不出來，寫不好，因為寫不好而寫不出來，這時候就是天大地大也找不到安身之所那種，獨愴然而涕下那種，連朝山洞喊都寂然沒有回音那種，舉世無雙的孤獨。這時候，聽智者的話不會錯。

好長一段時間，蓄電量低的投射者，三分人，自由接案，濃烈拖延症患者我，發展出一套果真較有生產能量的寫作韻律。晨起趁懶病還朦朧，抱電腦出門，在街口亮黃色招牌咖啡屋的落地窗前堅毅地坐，坐看人過路。如此這般實驗一年，大多日頭落山就能分泌出足量的成果。

一年後咖啡屋突然收了。要在附近尋到另一間窗大，多路人，且價格低的店不易。於是我在家寫作。一個寫作的女人自己的房間裡，能不能使自己成為自己，主要在書桌的風水。

但寫作女人書桌的風水或許無關神祕學，而是能否有自由排兵布陣，風生水起的意志。書桌布局，即是大腦拓印。不過也就風生水起了一陣，便發現自由是有代價的。雖然時尚或財經雜誌偶爾會有這樣的案例：「創意人才的辦公桌：越亂越有創意。」誰要是指責我書桌凌亂，要我收拾整齊，我就會指指太陽穴，氣勢如虹地宣稱：「你知道嗎？這些都是什麼？是・創・意。」

可如今，我的書桌已經被成堆成堆的書，一整張吞沒。

翻到書頁起皺的。

讀一半擱著的。

無論如何先買下來就感覺讀過，心就能安一半的。

理直氣壯地說，從我一步一步堆疊起來的書山，其實稍微看得出創意人才的思考路徑，且三分人被人群充滿時就能穩定運作，還有比好幾堆書堆發出來的聲音更嘹亮豐滿嗎？

於是堅決不收拾書桌。我勉力收拾自己，論文，散文，研究助理的日常工作，演講，教學，心理病，擠在行事曆的小格子裡，像聽搖滾樂的瘋狂歌迷，在台下互相衝撞推擠。於是在經常性土石流之後，我的大腦也與書桌一起亂糟糟崩塌了。

書桌太吵的時候，我偶爾躺進衣櫃寫作。躲開自己書桌才能寫作的女人，如何也不能算是風生水起。頂多，仍舊晨起堅毅地換上外出服，至少瘋起來的時候，也是水的。

順道一提，時尚雜誌或商周雜誌有關創意與凌亂書桌的報導，其實還有兩行副標：「辦公桌極簡收納」、「三大原則讓你上班減少厭倦感」。無論如何，作為一個投射者，三分人，創意人才，是不願意大方讀出來的。

死為什麼永遠是未知的彼岸，因為在死境中無人折返報信過。

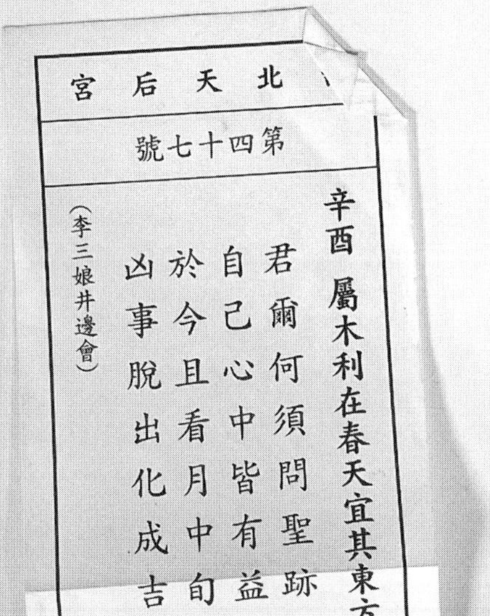
北天后宮

第四十七號

辛酉 屬木利在春天宜其東方

君爾何須問聖跡
自己心中皆有益
於今且看月中旬
凶事脫出化成吉

（李三娘井邊會）

六甲男女高貴
求財輕
作事二次成
失物子日在
婚姻平正好
大命險
月令不遂
官事不畏

功名有望
耕作好
移居平正好
種珠不可
買男兒好
出外先兇後吉好
來人日先月半到

台北市成都路51號

生命之詩

《幼獅文藝》的主編小馬找我寫稿，我當然一口答應。主題好像與年齡有關，我想，那有什麼難。歐康納不是說過嗎，如果順利熬過童年，作家就有用不完的存款。總之，我預計寫我的童年，寫在鳳林外婆家，記得跟蝸牛還是蝌蚪有關。是一則賺人熱淚，非常溫馨可人的小故事。結果，拖到截稿日前一刻才開始寫，熬了一整夜，寫下的第一行竟然是恐怖故事的開頭。

有時候，我覺得，僅僅是把自己鬆垮的軀體從床上搭起來，就已經耗費一整天需要的精力了。好累，活著真的好累。這個念頭充滿了我的九十歲。

九十歲，起床第一個感覺就是累，身體像一個裝滿石頭的大布袋，又破又重。下床又得打起精神想辦法弄早餐吃也累，勉強吃完早餐想到等等大概虛弱的腸子又要滾起來了得趕緊去拉屎，用我可憐無力的大腿撐著肥胖顫抖的屁股往馬桶放，也真的是好累。一整天就是這樣，吃早餐，大便，看網綜，吃午餐，大便，看網綜，吃晚餐，大便，看網綜。每一天最開心的時候是長日將盡，但夜晚卻也是無可奈何的長。以前從沒有想過，消耗時間，原來是這麼疲憊費力的事。

我偶爾會想起小時候，九〇年代初期吧。

一九九三年，中視首播日本NHK製播的電視劇《阿信》，整個台灣島擁有電視機的家庭，一到九點半就會準時圍在客廳，熱烈收看。看阿信的善良。目擊阿信的悲慘。那時候，好像大家都終於意識到女人真命苦，可是命苦的女人與其說是被全台灣人同情理解了，好像那麼苦的命要開始好轉起來。不如說，女人真命苦更像溢美之辭，懂得犧牲，慷慨奉獻，受委屈了知道怎麼笑，因為笑出來就不會恨了。那叫勇敢，勇敢也要知所進退。關上電視後大家都在想，過太爽的女人不一定是壞女人，但沒有吃過苦的，大約也不知道什麼是作為女人嚴格意義上真正的好。阿信反倒拉高了受苦的標準，那個聖潔的光輝任誰站在一旁都會成為暗影。而同樣閃著微微聖光的受苦的女人們，則都暗暗希望把自己再打磨得更亮一些，才能熄滅了那些過得太爽的女人，讓她們黯然失色。

不過，八十歲的時候我想起小時候看《阿信》，倒不是回憶起關於好女人與壞女人那些女人為難女人暗潮洶湧的較勁。其實到了八十歲，無論這一生當過一個女作家，一個女博士，當過一個女兒當過一個單身女子後來又當過一個老婆一個媳婦，多少人明裡暗裡罵過我壞讚過我好，女人這個身分，也已經沒有人期待我做了。

老去的身體是沒有性別的，我在六十幾歲想通了這個道理。

怎麼說呢，老了的身體，明明該有的女性器官一個也沒缺，奶是奶，屁股是屁股，甚至因為懈怠了身材維持，吃得多動得少，所以奶與屁股要比年輕時更肉感。但那個讓我隱約知覺到老的傍晚，是聽見垃圾回收機器人停在巷口吞食垃圾的聲響，趕著擱下切到一半的食材打包好廚餘跑著送出去後，回家才悚然發現，出門前衣服穿得太急，半顆奶鑲著黑嘉麗色奶頭，竟然全從衣服下緣探出來見人了！可是，為什麼，到底為什麼，沿路上，與我寒暄的左鄰右舍們，老老小小有男有女，目睹我這意外的不堪的暴露，都能面不改色呢？他們為什麼，為什麼都不約而同地，不認為自己有義務開口提醒，或伸出手替我遮羞呢？那半球奶，與我的奶頭，就像是大動干戈對外宣布，我這個六十幾歲的老女人的身體，已經正式引不起任何人的興趣了吧。既然分泌不出奶水，也無法搔得人欲望勃發，沒有任何功用的奶，就只是兩團脂肪，甚至已經算不上性器官了。

不過，真正使我覺悟的，還是七十幾歲開刀取子宮肌瘤住院的頭一日。手術後甦醒，尚未從麻藥帶來的海嘯型暈眩感中復原，連勉強轉動頭部都想吐得厲害，大小便全得臥床靠人協助。醒來頭一日沒請到看護，親戚小孩好心來短暫替補空缺，就遇上要把屎把尿的窘境。但真正令我痛苦的反倒是，整個過程，照護生手的年輕女孩，沒有露出尷尬或恐懼的表情，她艱難萬分把便斗塞進我肥胖的屁股底下後，竟也沒有別過頭，直直瞪著尿液從方便術後清潔保養而剃得光光的陰部噴灑出。直到弧線漸小，滴滴答答收尾，女孩異常俐落抽出衛生紙來來回回擦拭被尿濺濕的縫，一瓣又一瓣，精細得像衛生股長維護打掃區域。我記得半夜暈眩感稍退，看著那孩子熟睡的臉，我竟偷偷哭了，好想跟她道歉。是羞恥嗎？因為她的不羞恥而羞恥，多麼奇怪的情緒。如果她不那麼鎮靜與坦然，如果她尷尬甚至有一些些嫌惡地撇開頭，我難道會好過一些嗎？其實也記不清了。

慢慢地，身體的美，身體的醜，身體的欲望與隨之而來的羞恥感，曾經都是親密關係裡重要的戰場，對越來越老的自己而言，也就不知不覺成為遠古遺跡一樣，人來人往，嬉笑玩耍，拍照打卡，好像沒那麼有所謂了。

兩年前，我固定到一所大學，每週三晚上定期教一門寫作課。其中一堂主題是老年，我帶著同學一起在慘白的日光燈下共讀西蒙．波娃《論老年》。當時，不知道為什麼，我靈光一閃，講了一個不算溫馨可人的故事。幾年前，我的外婆在榮總醫院做腦血管栓塞手術，隔天轉往普通病房，孫輩們輪流過夜陪病。不過，我最記得的是，她從麻醉中悠悠甦醒，坐起身就倒下，直喊暈的樣子。當時尿管拔掉了，她卻完全無法自行站起來去上廁所，只能暫時包著尿布。外婆是最可愛的小老太婆，個性極為溫和，因此，她的病床旁圍了許多關心她的人。其中，就屬表哥特別著急，他從小給外婆帶大，沒看過有什麼事是外婆忍耐不下來的，結果被眼前幾近失去行為能力的一攤軟肉嚇壞了，堅持要替她換尿布。那是我第一次看外婆憤怒，高聲用客家話連連喊著，耍！耍！耍！耍！彼時我年輕，並不明白那種憤怒的來處。

年輕人說歐巴桑都無恥。以後不要變成無恥的歐巴桑，依稀記得年輕時被歐巴桑的無恥氣到我也這麼狠狠發願過。真好笑對吧，變成歐巴桑我才在想，無恥原來不是因為老到天不怕地不怕，而是因為，拖著布袋一樣，好像卸掉性器官這麼無聊的身體，到底誰還會期待我玩倚門回首這種把戲呢？於是也就無聊地當一個沒有羞恥心的布袋，奶不是奶，縫不是縫，老到沒有性別。倚老賣老，其實只是因為沒別的資本可賣。

不過，想起《阿信》，其實記起的也不是什麼老去的身體。真抱歉，兜這麼一大圈結果還是沒說到重點。對不起，老了以後常常道歉，對不起，給大家添麻煩了，真對不起。

想起《阿信》，就想起我死去多年的媽媽。媽媽生弟弟以後就決定辭職當家庭主婦，她原本是編輯，小時候我都讀她編的書，還沒大到懂得炫耀，她就已經變成天天在家盯著我寫作業練琴，脾氣暴躁的專任媽媽了。

九〇年代初，阿信是全台灣最出名的日本女人，音樂課老師最愛讓全班合唱〈永遠相信〉與〈感恩的心〉，一下課同學們小小的頭就迫不及待貼在一起討論劇情，可我的頭總是落在那些快樂的頭之外。因為媽媽說，你知道嗎？連續劇太晚播了，小孩子晚睡身體怎麼會健康呢？這樣太不仁慈了。仁慈這麼偉大的概念在那時候就這麼突然誕生了，我記得自己隱忍著沒有吵鬧。面對仁慈，即使是一個孩子，也會被震懾得不忍心吵鬧的。

我會在媽媽趕我上床以後，偷偷把臉貼在涼冷的臥房門框，側看昏暗客廳裡，電視散出的一方微光，把媽媽臉切成明與暗的兩半。我喜歡那樣安靜地遠遠地看我的媽媽看《阿信》。明與暗是她的構成，我以為那是一種家庭主婦專有的不必節制的幸福感。畢竟，還有什麼職業允許一個女人賴在沙發上看電視到天亮不用睡覺呢？看別的女人命苦是最好命的女人，我是這麼以為。

因為生病請假不必早起上學，我曾經獲得看一整天電視的幸運。媽媽會拿著小毯子，五隻手指併攏壓住邊緣，往我的大腿下塞，直到把我裹成一條滴水不漏的壽司，再泡一杯蜂蜜檸檬鹽水，讓電視輪播。我在這個畫面裡所感受到的那種放肆的幸福感，後來在記憶裡被再製成濃縮膠囊，甚至不需要用舌尖去觸裡頭的藥粉，光看形狀輪廓，就好像能立刻嚐到強烈的味道。於是我真的因為想久久浸泡在這個畫面裡，而許下過成為一個家庭主婦的願望。

我終究沒有變成家庭主婦，但我終於老了。終於，能整日整日看連續劇了。

可是每個小家庭的客廳都只有一台電視，每一台電視都能把全家人攏在一起，談論同一個話題的年代，早就過去很久很久。在那個灰飛煙滅的歷史餘燼裡，看電視的回憶就像超級大型的篝火晚會，人類熱烈操演同一場狂歡儀式，在那個發光的小盒子裡，世界變得很快，卻又變很穩定，所有從山壁唏哩嘩啦墜下來的事件，知識，資訊，議論，情感，因為流入寬大的水道而緩了下來。

老了以後我終於能整日整日看連續劇了。老了以後的連續劇，在掛在琳瑯滿目的串流平台上，全都是互動式影視。據說忙著選擇敘事路徑，蓋出新的岔路與洞穴儲存角色祕密，預測修改結局，這種高濃度的創作多少能煞停老速。可是我好累，我常常花一整天時間去測度敘述路徑，創造新的結局，可到了晚上，卻已經忘了故事是怎麼開始的，沒有一點放肆感。看劇好累，身體好累，煞車皮磨出了煙花，腦子肚子裡都是煙硝味，拉完屎還聞得到黏在口腔壁濁濁的臭氣，好像地熱谷的煙霧從肛門往上蒸。

況且，光靠我可憐的腿把肥大的屁股從馬桶上抬起來，是多巨大的工程。於是我減少每一餐的吃食，想著也許能少製造一些屎。說真的，也不怎麼有食欲，更懶得烹煮，訂了好幾箱膠囊營養素冰起來，維持活著的基本條件。

關於活著的條件，年輕的時候算過好幾次命。

深山摸骨仙預測我會賺大錢活到一百二十歲，坐鎮洗衣店的通靈小烏鴉則警告我臨終千萬不能讓子孫搶救否則會活得痛不欲生，大學城對街的紫微師是唯一一人，拿著老公命盤鐵著臉說，看起來，夫妻緣分短暫，他好像是，活不過四十歲。

果然啊，三十八歲那一年，我就開始一個人活了。無子無孫，至少將死的時候不用擔心被打擾。但拖著這個布袋的，沒有性別，欲望也乾枯的身體，一百二十歲真的來得好緩慢。

我在那堂寫作課上，慘白的日光燈下，講述外婆住院，我陪病的故事。我努力調動所有修辭，訴說外婆老年的身體如何像一朵含笑花，在夜裡慢慢向我舒展開來，把自己都講到感動。可是，說著說著，好像說的是別人的故事。修辭擋在我和經驗之間，我用修辭去填充我不明白的當時外婆的羞愧，把我和那個奇異的夜晚，與外婆突如其來的羞愧，拉得很遠很遠，遠到我邊講邊流淚的時候，都像是在表演。這一次，我決定用第一人稱寫進那個夜晚，省略「如果……」、「就像……」這一類假設語，直接把自己裝進外婆裡。可是，披著外婆起皺的皮，假裝自己很懂年老女人的身體，可是越寫就越不明白。半夜新聞輪播，我裸身坐在馬桶上想，有些經驗太重，是寫作也負擔不了的嗎？最後，我放棄玩弄時間軸這一類說故事的技術，寫下一個真正的，屬於我的故事。

我越來越記不起，媽媽深夜裡看電視明暗兩分的臉，是快樂，還是憂傷。我彷彿從前曾經想明白看整夜電視不睡的媽媽是以什麼樣的狀態活著的，但我越來越記不起那個曾經弄明白過的自己。不過我還記得，年輕時和她一起看李滄東的《生命之詩》，一個正要開始學寫詩的六十幾歲老婦，發現自己得了失智症，語言慢慢走失，世界緩速轉離。有一幕，老婦為了替孫子籌賠償金，將記憶逐漸丟失的凋萎的身體獻予她照護的更老的病患，我記得，我和媽媽看著那場在水裡發生的，濕濡的老年性愛，那麼不堪，卻又那麼優雅，我們捏緊彼此的手，汗水淋漓的，靜靜地接收，從彼此掌心最深處，竄出來的顫抖。

罐裝龍蝦

走在路上，經常突然感覺自己是一只厚厚的重重的玻璃罐子，裡頭有好多好多鏽紅色龍蝦，伸出長刺的大螯，嘰嘎嘎嘎去搔刮罐壁。

說也奇怪，一個人可能一輩子都沒有真的聽過銳器劃過玻璃的噪音，沒有實實地用耳膜去與那種恐怖感共振過，但哪怕僅僅是口頭對人形容，甚至不需要動用太多明喻暗喻狀聲擬人去摹擬，對方也總是能迅速想像自己的神經將如何被無情地刮取，並慷慨報以大片的雞皮疙瘩。

移情作用的設計，或可是讓人類在經驗世界裡以僅一副身體的有限性盡可能去貼近無限，在無限裡人不容易感到匱乏，比較有餘裕去友愛。可也請不要以為移情只能引起溫純美好的素質，它不可能毫無危險，否則來得最輕易的共振怎麼總是厄運總是悲劇。

暫時出借耳膜去想像嘰嘎嘎嘎的恐怖感時，誰不是在心底竊喜：幸好我大概一輩子都沒機會經受銳器搔刮玻璃的聲響。移情果然使人心有餘裕，彷彿經歷過，也就不必真的經歷過了。那倒成了維持人類生存不滅的保險絲，保障安康。

我是變成一只厚厚的重重的並且關著好多鏽紅色龍蝦的玻璃罐子之後，才知道移情可以多狡詐。

佛洛伊德也善用譬喻。他在驅趕病患心裡的龍蝦時說過，移情之愛像需要小心翼翼處理的爆裂物，像劇院裡的一把烈火，能復活激情，能治療，也能毀滅。

一個寫作的人經常誕生於劇院的火災裡。一個寫作的人會在火光中苦苦嗅聞起火點，是為了再升起更大的焰火。一個寫作的人深知得來最輕易的共振是厄運與悲劇，視毀滅為治療。一個寫作的人，也把移情之愛看作爆裂物。但日日夜夜練習的不是拆彈，而是把自己琢磨成一根引信。一個寫作之人應該想像過，要使劇院那把火燒得真，能隔空灼人，有時候需要引火上身，捏著刀片，麻醉未施，刮盡全身油脂，投進火焰中。要比任何人，都懂得紋身之痛，又要比任何人都清楚，痛的表演，約莫能生出一種將痛遞發給眾人，因此分散減弱的幻覺。可是，散場的觀眾也許有帶著什麼來也得帶著什麼走的教養，卻沒有清掃後台的義務。

以前我總覺得我所懂得的痛，是最平凡渺小的那種。

所以變成一只厚厚的重重的並且關著好多鏽紅色龍蝦的玻璃罐子之後，我偶爾想，是不是在欲望成為一個懂得放火的人的哪些時刻，起心動念過，招喚意外，期待事故，念頭於是真的變成一台卡車，迎面撞來。整顆頭被輾在輪子底下，眼珠高高嵌在輪縫，太好了，我終於看到不一樣的風景，可嘴唇黏在胎邊，卻痛得說不出話。

原來在特別熾熱的火焰裡，除了拙劣哼出幾顆破碎的音，是會完全失去表演能力的。

第二次算命，算命施盯著我的紫微命盤各宮，笑得有些勉強。最後像經歷一陣良心搏鬥的新聞人，下了並不怎麼委婉的標語：「該怎麼說呢，你這一生，都受制於人。」

（受制於人，那是你生命的關鍵字。流年或可讓你有起有落，但潛流於地層，與你性格緊緊扣連的仍舊是那句：受制於人。性格左右選擇，也不是花錢改運就能扭轉，只能在有限的選擇裡盡量讓自己不勉強吧。所以，受制於人也可以受得不勉強，剛才你問適不適合寫作，你就想，就是不斷地受苦才讓你適合寫作的吧。）

我這一生中，有過被寫作救贖的時刻嗎？從前總說沒有，寫作不至於這樣偉大吧。可如今這樣一個時刻像沖印底片，終於慢慢顯像了。

身體裡養了好多隻龍蝦以後，才算真正經歷一段必須不斷向人說明，自己為什麼是一只裝了龍蝦的玻璃罐的時光。左彎右拐在符號與意義的不穩定鎖鏈中找路，又迷路。見了人就伸出大螯刺探耳膜，也只不過想把對方的一顆心鉤出一點邊邊角角也好，以為共振，就能把玻璃罐鑿穿一些。

那竟然成為了，最嚴厲的寫作磨練。

例如，坐在身心科的診療桌後，我得一遍又一遍去說，究竟一個人是怎麼變成一只玻璃罐的？

那也不是卡夫卡式葛雷高爾一覺醒來就驚覺自己變成了一隻甲蟲。而是，某天早上發覺自己並不想起來，某個夜晚煩惱自己並不想睡去，又在某個下午臥倒在地上，突然覺得，醒來或者睡去不重要，也沒什麼天大的事是重要的。

我是這樣變成一只玻璃罐的。

又例如，坐在餐桌後，我在朋友聚會中腆著臉把自己安插在幾張歡快的臉之間。他們熱心地問，你怎麼變成一只玻璃罐了？說出來，說出來就會好一點。

於是我說了，玻璃罐的日常。

那就像是被關在了自己裡頭，被隔絕在世界之外，卻不一定真的想出去。我感覺自己被一張大大的張開的，電影裡頭常常拿來裹屍的那種透明塑膠布，纏得細細密密，所有被龍蝦刺傷後濺出來的血漿，流出來的內臟，彷彿喪屍壓境後末日早晨杯盤狼藉的種種，都只在塑膠布裡如火如荼。

朋友們露出了恐懼的表情。於是我改口說說罐外的世界。

我慶幸有塑膠布裹著，就算要溺死在自己的體液肉塊，在人類世界裡，還多少能維持衛生美觀又有禮貌的外表。是了，我知道保持衛生美觀是基本禮貌，人或許看見別人的髒汗都能知冷知熱地喊，兩隻手卻不免尷尬地藏在後頭，就怕噴濺了自己，沒處洗手。

所以，還是說回玻璃罐裡的龍蝦吧。說多了我才發現，一個人能承載的比喻重量是有限的，一具肚破腸流的身體哪有機會活著回來分享被裹屍的經驗，將人開膛破肚的凶手更不適宜鋪張細節邀請闔家觀賞。

移情之愛寶貴，但絕不是痛人之痛。旁觀他人之痛苦，為的是梳開自己過往之痛，避開未來或許將臨之痛。人只能從自己的經驗庫裡調閱痛覺。死為什麼永遠是未知的彼岸，因為在死境中無人折返報信過。

還有例如，躺在床邊，我的伴侶說他理解我，卻在我小心翼翼於黑夜中伸出鉗子時，恐懼地翻過了身。誰的生活沒有辛苦，他邊說邊把塑膠布纏得更緊，我知道他怕有什麼東西趁夜色流出。

血肉模糊地把自己攤在人前幾次，也就懂了，在對方別開視線的那一瞬最好即刻變換敘事策略，進入對方的語言規則，不說爛肉也不說裹屍布，關於龍蝦的故事，可以輕輕巧巧地說。說得乾淨優雅，液體滲出來也滲得不多不少，痛得剛剛好。

死而復生的人少，吃過龍蝦的人多。

說到龍蝦，調閱出來的經驗莫不是沾在沙拉上，燉在湯裡，那鮮嫩細白彈牙的美好味覺，還可以再佐以婚宴中與親友共桌吃食的歡快。再怎麼說，被玻璃罐關住的龍蝦不至於太凶猛，能讓對方在安全距離內安靜聽一會搔刮罐壁的噪音，因為他知道自己能毫髮無損地離開，也知道這些聲音終究會變得遙遠。

於是，坐在診療桌旁，坐在餐桌旁，躺在床邊，我知道感同身受多麼有限，卻總希望桌前床邊這個人的心尚有餘裕，願意陪我走得更深更遠一些。

關於同情共感運作的原理與它的邊界，站在劇院裡拿著火把的我，至今仍疑惑。

我吞下驅趕龍蝦的藥，卻發現罐壁更厚了。痛的時候沒有哭的欲望，快樂的時候也沒有笑的衝動。沒有龍蝦沒有哭沒有笑沒有憤怒更沒有痛覺的我，就只是一只空空的罐子，沒有回音，也沒有什麼對人說話的渴望。

我很少在別人的眼神裡看到恐懼了，他們都親熱地搖晃著我說，你看，沒了，沒了嘰嘎嘎嘎的噪音多安靜，就知道你只要夠努力，還是能消滅龍蝦的。

可是，在極度靜謐彷若真空的罐子裡，我卻恐懼著自己，是否快要忘記成為一個人類的樣子。

維根斯坦在談論人類世界用語言作為溝通介質時，形容每個人已然形成的一套理想語言規則是滑溜的冰面，雖然理想，卻無法行走。他呼喊，想要行走，需要摩擦，讓我們一起回到粗糙的地面吧。

不知道算命施看著我命盤，是不是在各個宮位都看到了龍蝦，才靜靜地不說話。受制於人，那個人，是不是其實就是自己。後來，我學會在生活裡小心滑冰，在寫作裡才敢赤腳踩在粗糙的地面，放心摩擦，放心使人不適。維根斯坦搔著頭一本又一本寫著書，卻又說，在無法言說之處，人必須沉默。成為一只罐子後，才見到了語言不能抵達的他方，可又比以往更勤奮地使用語言，像報信，去描述那些語言不在場的地方，並且知道自己終將失敗。

我還是會重複夢到同樣一個場景。小時候，最喜歡爸爸把車開進電動洗車廠，我貪看清潔管裡噴灑出雪白泡沫爬滿車窗，接著，強力水柱把車窗沖得微微震動，最後，抬起屁股，把耳朵趴在玻璃上，聽正在烘乾車體的風轟轟悶響。坐在後座，像經歷一場從未到往的北國的暴風雪，我卻感到前所未有的安全。我沒有告訴爸爸，每一次，我都會把車窗偷偷開出一點縫隙，伸出食指，風雪中微微刺痛。我會懇求爸爸再來一次，真好玩像在玩遊戲，拜託再來一次。車子重新駛進通道，車後座幼小的我，重新伸出食指，一點點中指，直到五隻手指，都觸到了車窗外的風雪。

安居街的勞倫斯

Ebolavirus。

我和迪卡坐在小而明亮的英語教室，低頭在《紐約時報》報導上勤奮劃線。勞倫斯老師來自倫敦，在西班牙做過時尚採購，也在南非貿易公司待過幾年，談起過往總是眼裡有光，於是我們沒有追問為什麼中年以後跑來台灣做了英語家教（或許跟一個狠狠傷過他的心的男人有關？）

教室裡，他正用倫敦腔，一遍又一遍，不厭其煩矯正我們重音擺放的位置。

Ebola virus disease／伊波拉病毒。Deadly／致命地。Transmission／擴散。Hemorrhage／出

血症。

二〇一四年初，伊波拉病毒從幾內亞偏遠森林蔓延至城市。新聞自律公約頒布不久，電視上出血的遺體依規定打了馬賽克，但網路上還是傳布著幾具滲血的黝黑病體。

那一年，我和迪卡正要二十九歲。

人說逢九必衰，統計顯示二十九歲自殺率極高。雖並不真的信邪，但也多少在這一年感覺冰層裂出髮絲紋，隱約聽見深處嗶嗶剝剝的爆裂聲，還不知道冰面下洶湧流動的是否致命。

Fatal／致命的（我們在筆記抄下：形容詞，不可避免的災難）。

人人說三十歲是山海關。我和迪卡不敢鐵齒，討最方便的吉利，年初就約好不過生日。但正是在這全力避禍的一年，我們竟忙著學習與災難相關的一切如何發音，矯治朗誦禍亂的口腔肌肉，努力讓西非的死聽起來更加倫敦。

新聞主播在電視裡宣告這一波疫情嚴重程度史無前例，已經襲擊西班牙、美國，不排除擴散全球的可能性。塞內加爾，賴比瑞亞，奈及利亞，獅子山共和國，非洲地圖好不容易溢出便利商店收銀台前發票捐贈箱，以前所未見的規模在台灣觀眾眼前展開。

勞倫斯老師一連幾週帶我們讀伊波拉病毒報告。我們繼續抄寫單字，死亡人數持續升高，筆記本空白紙頁逐漸薄下去。病毒七〇年代就爆發過，但災異還沒跨出非洲大陸前，歐美藥廠就毋須投入資金研發疫苗。**Wealth inequality／貧富不平等。Global production／全球生產鍊。**這些生詞拼音不算難記，但我們還沒察覺應有造句之必須。有時課上累了，紙頁上的字母也跟著倒塌，胡思亂想，難道我們正謄寫一本末世筆記？

英語教室離迪卡的小套房不算遠。搬過幾次家後，她安居於安居街白蘭市場樓上。白蘭市場周邊長著幾棟老舊公寓，許多戶被隔成分租套房，多住年輕外地客。生肉、熟食的氣味經常黏在牆壁上，偶爾會有老鼠從天花板夾層失足，跌落在枕頭上（另一位朋友米亞的親身經歷，童叟無欺）。

但若想著只是暫時棲身，很多願望都可以妥協。

英語教室是迪卡找的。她說不知道為什麼，這一年多風雨欲來，好像隨時要被吹倒。兩年前，她終於退掉基隆路上沒有對外窗的套房，辭去做了好久的時尚雜誌工作，進入一間剛成立的網路媒體當編輯，同事都是二十出頭的女孩。每晚加班走出捷運站，轉角這一間小教室始終亮著，外籍老師與看起來像年輕上班族的學員在落地窗裡談笑。她想起二十歲剛上台北，鼓皮繃得很緊，能敲出清脆聲響的自己。

所以是什麼夜路走多了前方有光招喚這樣的人生隱喻嗎？迪卡噗嗤一笑，那是看見鬼火了吧。

網路編輯工作果真沒讓她安居。只是我以為就算換過幾條街，迪卡也會一直在台北住下來。大學時代迪卡是我的鄰居。在一片河床地長出來的東華大學旁，玉米田中央一棟紅豔豔新起的學生套房裡。

我們那麼年輕，和一虎、米娜騎摩托車搬家，床墊捆在背上，水牛從草叢探出一顆巨大的頭，也並不容易感覺到那種需要妥協的暫時感。反而所有的暫時，都使人自由。

二〇〇五年夏天，龍王颱風吹倒電線桿，整整停電一週。一入夜，報告沒法作，整棟宿舍乾脆開門納涼，點著蠟燭，一間房跑過一間房，阿彬的貓在走廊喵喵大叫。偶爾站在陽台透氣，房東叔叔養的愛斯基摩犬跑在黑色玉米田。波奇波奇，我們胡亂叫喚，聲音此起彼落，像螢火乍明乍滅。胖胖的愛斯基摩犬波奇停下，轉過臉，好像真的露出疑惑的表情。

從火車站月台送迪卡畢業，離開花蓮之後，兩三年間，週末上台北總是被她慷慨收留。我借住過她在中坡北路與朋友合租的公寓，走五分埔像走廚房。後來女孩們吵架，我又擠進她改租在基隆路小套房的單人床，常常在臨江夜市口的寵物店蹲著看貓。最後一次，我們向大學朋友小Cow借來一輛會咳嗽的手排老車搬家。習慣開在台九線總是天地玄黃，宇宙洪荒，頭一回我卡進台北市車流裡，在禁止左轉的路口誤打方向盤，盛大地成為交通事故。迪卡安居在安居街隔年，我考進清大博士班，離開花蓮，在科技大樓站租了一間頂樓加蓋小套房，預備到新生南路搭亞聯通勤上課。夏天，我在房間裡趕延宕了近十年的書稿，被鐵皮屋頂蒸得滿地流湯。

那裡開窗當然看不見玉米田。

但幸好迪卡就住在一個捷運站之外，讓我有時還以為自己仍在那個宇宙洪荒的生命階段。二〇一二年，颱風多，連日大雨，陽台排水孔被落葉覆住，汙水趁亂湧入。待我悠悠轉醒，一下床，踩出一片水花。那些暫時堆在地上的書們，包括七等生小說一九七六年初版，前衛藝術家黃華成設計的封面，在汙水中此起彼落。年輕白淨的房東張先生在電話那頭嗯嗯啊啊，似乎不懂我何必為了幾本舊書大動干戈。

掛上電話，索性踩著書堆一步一步跳到落地窗前，認命舀水。

二十九歲生日當天，下課返家，男友端出蛋糕。驚喜嗎？他大叫。我簡直驚嚇，這才想起，竟然忘記告訴他我與迪卡避禍的約定。那年乾脆放縱過頭，和不同朋友過了三次生日，一共許下九次看起來有點俗爛的願望。

「我想活得自由。」

Free Trade Agreement／自由貿易協定。

生日過完沒多久，我開始缺課。與伊波拉疫情幾乎同時爆發，立委張慶忠在議會強行通過《海峽兩岸服務貿易協議》。三月十八日夜，公民團體史上第一次衝破立法院封鎖線，宣布占領議場。隔日早晨，我和翁約在中山南路，打算加入少部分守在立法院正門的抗爭者。

前一夜協助學生翻進立院的公投盟召集人蔡丁貴，聲音已經被磨得粗粗的，正拿著麥克風宣講。主戰場在側門，正門氣氛並不緊張，我們暫且鬆開心，低頭專心啃起翁特別從陳根找茶買來的早點。我忍不住拍翁的肩，搬到台北三年，第一次早起吃到排隊名店的乳火蛋餅是在這種場合。

拒絕黑箱作業！退回服貿！

口號忽然從擴音機裡播送。群眾漲潮，警察立起盾牌，第一排抗爭者的身體沾上去。盾牌組成的防線往人堆裡推，耳朵裡爆出一朵蕈狀雲，推擠，防守，再推擠，在盾牌上碰出浪花。一回神，我和翁已經被留在人群外，蛋餅還咬在嘴裡，像找不到 Cue 點的蹩腳演員，猶豫著怕手上奶茶潑灑。人群又靜默下來。我們還僵在原地，翁跟我一樣害怕嗎？

我們在青島東路找到垃圾桶，整個下午腸絞痛。抗爭原是身心齊上，但在那一刻，卑懦的是我的心還是身體？

「說說你們這週做了什麼？」四月初，英語課日常問候。勞倫斯老師還是那麼優雅，鼓勵我們用倫敦腔和他討論災禍。

Civil disobedience／公民不服從。Reterritorialization／再疆界化。

勞倫斯應該會滿意，這個月我對表達能力有限不服從，在筆記本抄錄新單字。三月二十九日，群眾募資達標，《紐約時報》國際版亞洲版刊出學運廣告。這一則名為「Democracy at 4am」的宣傳，簡單說明凌晨四點的台灣，憲政民主正沉入最暗的時刻，邀請外國讀者們一起見證即將來臨的清晨。

Morning without YOU is a dwindled dawn／沒有你的清晨是黯淡的黎明。

我背出廣告副標，突然認不得自己的聲音。

勞倫斯老師的眼睛也亮了。Emily Dickinson！他喊。

啊哈！總是選《紐約時報》給我們當教材的他，一定也看到了那則廣告對嗎？勞倫斯搖頭，什麼廣告？優雅地使用了否定句。

沒有你的清晨是黯淡的黎明，其實是詩人在復活節後向朋友塔克曼太太捎去的康復問候。一句詩句各自表述，勞倫斯是迪金森迷，他若感覺春光明媚，也不能說是誤會。我若心生悲壯，未免錯誤挪用。

可是我想向他描述，這個月我常常坐在街頭，問了很多問題，並不總是有答案。

三月二十三日深夜，群眾短暫進入行政院，警棍重重落下。有人在臉書上傳抗爭者頭破血流的照片，我轉貼擴散。朋友留言，革命不是請客吃飯，這要在美國，警察可以直接開槍。訊息匣亮起，是許久沒聯絡的學妹。「可以撤下照片嗎？」她剛從現場返家，哥哥的手臂被警棍擊中，照片與留言都使她痛苦。隔日新聞，出血的臉被打上馬賽克，依新聞自律公約，讓觀眾恐懼的畫面需要後製處理。

四月初下午，我們坐在馬路上，朋友問，昨晚大家喊脫下制服，加入我們的時候，站在拒馬旁的警察在想什麼？我不知道，他們的眼睛都藏在帽簷下。不遠處，公民講台上，一個男人突然對麥克風大聲唱起歌來。鎮江街口綠燈亮起，我們沒有前進，男人的歌聲繼續。

我在家演練網路流傳的抗爭教學。警察無故要求查看身分證可拒絕。加快趴倒速度減少水砲衝擊。靜坐時手勾手降低被拖行風險。幾次跑上街前，香港朋友譚與阿園說加油，撐住。我時常心虛，那些最可怕的夜晚我都缺席。只有在馬路上睡過夜的時候，懂得帶孔雀餅乾止飢，方便收納，低調分食。

勞倫斯老師用鉛筆敲敲桌面，禮貌等待答案。

闔上筆記本。我很好。本週一切安好。謝謝勞倫斯，你呢？

為期一個月的占領同樣結束在夜晚，可是有些什麼留在心裡沒有退場。

二〇一五年，延燒兩年的伊波拉疫情解除。年輕學生在反課綱運動中結束生命。我帶剛分手的迪卡去給算命施排盤。英語教室去年突然停課，替我們辦理手續的陳小姐遞公文一樣，用英文簡短告知，本公司因故無法續聘勞倫斯。老師回倫敦了嗎？小姐支支吾吾，單字突然不敷使用。

撐過災難的二十九歲，好像一切如常。三十歲，端上蛋糕的男人說結婚吧。我們當了十年好友，又在五坪套房單人床上擠了四年，撐過六次戲劇性分手，最終還是想一起生活，那應該就是愛了。訂下婚禮日期，我還是心慌，偷偷跑到命館問命。個性決定命運，這就是最好的選擇了，他指著夫妻宮鐵口直斷，我鬆一口氣。後來想，如果他預言婚姻盡是天災人禍，我難道就慈悲喜捨，甘心放生嗎？

婚前給H縣摸骨神算陳瞎子測出有剋夫風險的咪子，前一年如期完成婚禮，不知情的新郎滿桌敬酒時，笑得十分燦爛。

投資關係有賺有賠，況且末日早就來過很多次，像一張大型複寫紙。一九九五年，作家鄭浪平預告農曆八月解放軍攻打台灣。一九九九年底，預言家宣告天國近了，審判將臨。但更讓全世界苦惱的是千禧蟲即將引發資訊年序錯置危機，騙徒趁機編造出一場瘟疫，賣殺蟲劑給民眾狠撈一筆。撐過千禧年，末日還沒來，台灣島度過二〇一九年總統大選亡國感，明天過後，還有馬雅二〇二〇末日預言等著被驗算。

一群從死亡預告中成長起來的小孩。我們並不期待，也總是落空，一生都在後台排練迎接災難的走位與表情。

算命施說，迪卡的感情宮近幾年看不出端倪。

什麼意思？怎麼解決？我急了追問。一個人過也沒有什麼不好啊，算命施不緊不慢。過去，我總覺得論命過程都在驗算災難，但這一次，坐在論命桌另一側的迪卡，並不打算服輸，一字一字追討：告、訴、我、怎、麼、解、決？算命施沉吟許久，建議也許去南方會好一些。

迪卡搬回高雄之後，我感覺宇宙洪荒的歲月真正結束了。偶爾想起她在捷運上突然說：「這個地方我沒有歸屬。」習慣在台北總是被她慷慨收留，我竟沒有聽見冰層下，已經有什麼正在碎裂。

勞倫斯老師失蹤前，最後一堂課，給我們讀了一篇討論安樂死的文章，並以紀錄短片作結。影片中，久病厭世的英國女士，千里迢迢來到瑞士小木屋赴死。她躺在大床上，讓工作人員用點滴注入藥劑。陪她走完終程的優雅老太太，此刻正握住女士逐漸垂軟的手，低聲詢問她的感覺。「我看見星星落在草原。我看見天空飄著棉花糖。明亮，甜。藍色的，黃色的，旋轉，旋轉，旋轉……啊，原來是巧克力的味道……」英國女士緩下鼻息，微微震顫，最終沒了聲音。良久良久，老太太起身，維持優雅，親吻好友額頭，溫柔道別，祝她此去盡是春光，一路平安。目睹人生第一場死亡之後，我們如常走出教室，走進夜的安居街，並不知道那將是最後一堂課。我和迪卡就這樣走著，誰也沒有先開口。

薩默維爾輪盤

二〇二三年七月，我在波士頓薩默維爾（Sommerville）度過了一個愉快的夏天。那年夏天，我每天從窄窄的摩根街出發。轉進長長的種了許多綠色大樹、沿途有蔭的史考特街。行到科克蘭大街，偶爾會有野火雞挺起胸在花木扶疏的私人庭院裡散步。然後進入座落昆西街邊的哈佛比較文學系館上課。

一共二十六分鐘的路程，通常是三十八度的氣溫。進入系館以後，汗水會剛好不緊不慢不偏不倚從額頭滴進領口，蓄積在胸罩裡，再被棉質布料吸收殆盡。

回到台灣以後，有好一陣子，我會使用 Google 地圖的擬真沉浸式行走功能，像參訪一座虛擬城鎮一樣（雖然看不見親切的野火雞散步），用第一人稱，跟著沒有身體的人的腳步，從摩根街出發，轉進史考特街，一次又一次立體地複習我夏天的上課路線。

那年夏天，我還擁有了一些新的，並且稱得上是非常美好的夏季友誼。除了每天在宜人的陽光下走路，偶爾也會遇到波士頓著名的午後雷陣雨。

例如，七月二十九日下午，我和念比較文學系的土耳其女孩瑟萊斯汀娜約好，要去前身是水庫的新鮮池塘（Fresh Pond），與莎士比亞專家、中美混血的大衛碰頭，陪他的馬爾濟斯犬麥羅散步。好不容易等麥羅玩夠了，從水裡刷啦啦上岸，抖一抖白色長毛與牠的小耳朵，準備離開，長年住在波士頓的大衛，建議我和瑟萊斯汀娜不妨步行至附近著名的奧本山墓園（Mount Auburn Cemetery），拜訪美國最早的花園式公墓，裡頭還有一座精緻漂亮的古老教堂。

沒想到，一穿過大門，不到一秒鐘，連教堂的廊口都還沒抵達，尖塔左上方的天空，就傳來轟隆轟隆的霹靂聲，像一個胸有成竹的足球員，在快要輸掉的比賽中對著烏雲用力頭槌一樣。隨之而來的，是渾圓、飽滿的巨型雨珠，密集墜下。我和瑟萊斯汀娜齊聲尖叫，試著從雨珠和雨珠之間找到奔跑的縫隙，一路衝進敞開的教堂大門。這時，我們的手機同時跳出一則政府發送的訊息。

「波士頓豪大雨警報！」瑟萊斯汀娜大聲念出來。

我們轉頭看著彼此已經濕透的臉，笑到肚子疼痛。

因此，那時如果有人跟我說：「離開前一天你與波士頓的關係，會變成一則鬼故事喔。」類似這樣的怪異預測，無論如何我是難以想像的。

約莫是日日都在緊湊的課程與緊湊的友誼縫隙中，躲雨一樣來回奔跑。於是，我在薩默維爾住了一個月，卻沒有完整的一天，就只是在那裡待著，慢慢認識固定路線以外，其他蔓生於社區的錯縱街道。

大衛告訴我，薩默維爾是早期葡萄牙移民居住的區域，有不少正宗的葡萄牙餐廳就開在這裡。我起心動念，趁待在波士頓最後一天，上社區活動網站報名 Bilingual Yoga + Music。網頁上的說明是：本堂課將全程使用英語與西語交錯進行，並由來自波多黎各的瑜伽老師米格爾靜心唱誦，以木吉他伴奏。

我邀請了七月同樣住在薩默維爾，平時在廣州教創意寫作的小暢，和我一起參與這看起來有些荒誕的社區雙語音樂瑜伽。

我和小暢熟絡起來，是從談論紐貝禮街上的算命攤開始。

因為小暢也寫作，所以我放心向她傾吐進行多年的臥底算命寫作計畫，並表達肯定要在波士頓試一次西洋占卜的願望。為什麼小暢的寫作身分會讓我放心呢？因為多數時候，算命師論命，與作家說一個首尾俱足、又令人出奇的好故事，其實根本上是同一件事。更多時候，寫作是單獨一人在黑暗中挖礦的工作，如果全靠作品完成後，短暫出現的一瞬之光而感到滿足，有時很難支撐下去。於是我認識的作家，大都熱衷於用算命去續命。

小暢不愧是寫作之人，聽完迷信婦女荒唐發願，反倒整個眼睛射出玻璃彈珠的亮光，抓住我的手臂直搖晃。

原來她早在兩個禮拜前，就在以新英格蘭建築與潮流品牌聞名的紐貝禮街邊，意外算過手相。

那次算命的場景是這樣的：小暢剛剛逛完一間精品選物店，獨自站在街邊張望，想著快下雨了該繼續晃呢還是該回家呢？「小姐。」身後有人叫她。一位褐髮女子坐在算命小攤上，問她要不要算塔羅。小暢向來是順命的，所以她坐下來，付了六十美元，問占卜師她究竟能不能寫作。

「然後呢？」

小暢支支吾吾，面有難色，好像我問的是她提款卡密碼一樣。我沒有告訴小暢，我也問過紫微斗數算命施同樣一個問題。年年都問。

瑜伽課開在社區邊角，一間容易消失於 Google 地圖的倉庫中。課堂上，我們是唯二亞洲臉孔。屁上頭下聽不懂西語指令的時候，索性就維持體位，聽米格爾老師彈吉他，吟唱西語情歌金曲。

但我真正感覺與小暢親近，是因為雙語音樂瑜伽結束後，她長舒一口氣對我說，天啊這堂課雖然超級怪異但其實很療癒嘛。原來她也在米格爾老師陶醉地撥下第一根吉他弦時，差點噗嗤笑出聲來。小暢果然是又寫作又算塔羅的女人，沒有讓我失望。

更棒的是，我們從攤屍式復生後，小暢坐起來對我說的第一句話，就是：「我們去算命吧。」

在前來倉庫的路上，她稍微迷路，卻正巧走到中央地鐵站旁，注意起一家頗具規模的占卜店。她馬上拍下來，想著等一下一定要告訴顏訥。

這種宿命感讓我心內溫泉湧動，二話不說，立刻拿出手機搜尋店名，卻在 Google 地圖上一無所獲。從地圖中逃逸的占卜店，更堅定了我追捕命運的心。我們決定按照片中隔壁店家的招牌，循線至中央地鐵站追查。

Google 地圖顯示：薩默維爾五星評價的大麻商店，在摩根街走路四十五分鐘的距離以外。

為什麼忽然說起大麻店？這就要回到七月二十九日，我與瑟萊斯汀娜的雷雨友誼。我們在被雷聲籠罩的教堂門口，聊了不少台灣白色恐怖與土耳其文藝審查的相似處境。天放晴以後，二十五歲的瑟萊斯汀娜扼腕起來，唉，後天就要回國了，還沒機會在大麻合法的麻州買過大麻耶。這一生會不會都沒機會抽過大麻呢好可惜啊。基於我們雨中論兩國政治暴力的珍貴情誼，我自告奮勇，有點逞能地宣告，替她去我住的社區附近探探路是沒有問題的。

暴雨過後，劍橋市大麻店們紛紛因為淹水的關係暫停營業，我始料未及。一連跑了好幾家未果，唯一一家看起來開著，而且是有機栽種、五星好評的商家，遠在摩根街四十五分鐘以外的路程。

不過，波士頓版本的我總是勤勉走路。我走修長的薩默維爾大道，筆直通往有機的，土耳其女孩瑟萊斯汀娜的夢想之地。

四十五分鐘以後，風雨飄搖中唯一堅守陣地的大麻店裡，除了一位正在吸吮芒果汁，並沒有消費打算的金髮女性以外，就只剩下我了。又一次，輕易成為唯一的亞洲面孔。老闆穿著破破爛爛的音速青春（Sonic Youth）白T，領口疑似沾染了好幾滴、甚至好幾頓餐以前的小麥草汁，整體看起來也非常有機。他在櫃檯後方抬起頭，用這世界上沒有什麼事他會真的在意的慵懶語調，問我需要什麼服務。

我結結巴巴，詞彙量驟減，最後用非常簡單的一個肯定句與一個否定句表達了訴求：「我需要快樂。」「我不要壞的旅程。」一音速青春的有機老闆竟然露出瞭然於心的表情，他自我介紹：「你可以叫我詹姆士。」隨即轉身往後方的大木櫃裡拿取材料，準備替瑟萊斯汀娜與我調配一段快樂旅程。

「小姐，你們需要什麼服務？」

位於中央地鐵站的占卜店其實並不難找，而玻璃櫥窗裡的陳設並不十分西洋。有戴著玉石的觀音像、七彩脈輪卡片，還有隨意散落的黑曜石紫水晶。簡直是對著過路人尖叫：東方神祕力量在此！

店裡沒有人，空蕩蕩的。正當我們準備離去，身後傳來低沉沙啞的嗓音，問我們需要什麼服務。一轉身，噢太好了，中獎！一位黑衣黑髮的女性占卜師，描了一整圈濃黑的眼線，說英語時，運用舌頭的方式帶著遙遠的口音。根本就是非常刻板，會出現在美國電影中替人看水晶球的典型巫女。就那麼一瞬間，我已經在腦中構思好上面這個段落了，並覺得它有潛力成為一個極好的、充滿懸念的開頭。

雖然刻意放置懸念的開頭，往往有可能讓整篇散文喪失懸疑感。但是，我沒有以此開頭，主要原因，是接下來我拿自己的命去換來的，已經不只是幾個可供參考的寫作點子而已。甚至，在跑出店門口以後，我暗中對自己說，這就是寫作計畫的最後一篇了，我再也、再也不要算命了。

女巫的店其實價目表清晰，這是她最初博得我們信任感的條件。

手相：一隻手二十，兩隻手三十。
塔羅牌：一次五十。
靈氣閱讀：一次八十。

小暢驚呼，怎麼比紐貝爾街邊小攤還便宜？

女巫乘勝追擊，沉著地說服我：「小姐，其實，我剛剛進來，就看到那裡有一團非常特殊的光圈在你頭頂上方，是罕見的。因此，如果你決定做靈氣閱讀，今日，我將願意給予你折扣，七十元一次的費用。」

我半夢半醒，在折扣十鎂的催情中，順著她的建議選了靈氣閱讀，夢遊一樣隨女巫去到店的最深處。接著，坐進一張有如台灣多數里長家會出現的黑色皮質大沙發，看著石桌上的木雕佛像，一時間，竟有了一種台灣民族主義的柔情，我準備敞開一切。結果，小暢被女巫擋在沙發外。

「請給我們一些隱私。」女巫喝斥。小暢愣了一愣，對我眨眨眼要我安心，便往店外走去。

剩下我和女巫了。

她向我索取詳細的生辰以後，眼神忽然迷離起來，對著我頭頂上方的虛空喃喃自語。然後，她說：小姐，雖然你的臉在笑，但你的心在哭泣。你最近經歷過一段辛苦的日子，但是不要擔心，因為即將要迎來非常好的運氣，像火箭一樣升空。

話到此地，博士畢業，感覺在職場快滅頂如我，已經熱淚盈眶，內心溫泉再次湧動。難道馬上要找到教職了嗎？

我連忙問：「什麼時候幸福會降臨？」

「就在今天。」女巫聲音裡沒有波浪，彷彿對問題早就有篤定的答案。

終於我的運勢要好起來了嗎？火箭已經發射。我忍不住為苦盡甘來的宇宙，向她敞開更多。

「可是……」幸福還沒形成完整句型，致命的轉折語就率先降臨。

跟在可是後方，女巫娓娓道來：「你雖然希望所有人都喜歡你，但就是有人會在你背後，希望你不快樂。」

「你這一生與母親的關係緊張。一旦戀愛，與誰相愛就會跟誰分離。」

「你是否會感覺子宮的區域莫名疼痛，但醫生也找不到原因？」

我正要開玩笑緩解氣氛，喔是的大概每月子宮內膜剝落的時候，女巫對著我的臉，重重砸出一記直球。「那是因為，惡靈正居住在你的子宮，纏繞住你的靈魂。」她相當生動地以手掌覆蓋住下腹，用力往內重壓，我感覺到子宮裡的惡靈痛得嘎嘎亂叫。

「除了惡靈，目前你的生命中，存在一男一女，他們不希望你快樂。如果不馬上處理掉的話，就會墮入無底深淵。」

我一聽，著急了，趕忙問他們是誰？惡靈怎麼驅逐？究竟厄運多快會降臨？

「就在今天。」聲音裡仍舊沒有波浪，顯然女巫對所有問題，都早有篤定答案。

火箭升空，發出轟隆轟隆的霹靂聲，又墜毀了。對於造化弄人，我一籌莫展。幸好女巫法力高強，眼力過人，看出我心底諸多悲傷與懊惱，立刻提出了解方：「沒關係。從今天起，我將用寶石、蠟燭與紫色羽毛，擺出一個月亮魔法陣，就在這裡。而你，你要跟我到這間店後面的魔法房間，連續一起祈福，整整九天。」

好消息是，原先女巫的月亮魔法祈福陣，定價高達一千美元。但是，因為我是頭上擁有特殊光暈的異國女人，所有相遇都是宿命，女巫於是讓我擁有意想不到、最優惠的價格，只要、八百元。

「噢真不巧。」改運的價格實實在在亮出來以後，心裡的溫泉一下子比蘇澳冷泉還冷，甚至有一種在裸身狀態被偷拍的羞恥。我感覺被背叛了。努力抑制聲音中的顫抖，我告訴女巫，真不巧，明天起我就不在波士頓，我要回台灣了。

「台灣？台灣在哪裡？」

為了讓女巫明白我不可能再回來與她一同祈福，我開始賣力用英語解釋台灣。台灣是東亞的一個民主國家，蕃薯形狀的小島。鄰近中國。過去曾經被不同政權殖民，擁有重層殖民的歷史。現在則面臨中南海戰爭危機。因此，台灣是一個末日來臨過太多次的神奇小島。二次世界大戰後，台灣經歷三次戒嚴。第三次戒嚴從一九四九年五月二十日開始，一直到一九八七年七月十四日止，前後長達三十八年。不過，我們也是亞洲第一個同性婚姻合法化的國家。

這頓挫的感覺有些熟悉，在比較文學系館上課時，我也試著用英語把台灣文學帶往世界的討論桌上，又總為詞不能達意，而挫敗，而氣餒。

與女巫說明台灣那一刻，我甚至開始努力摘取閱讀台灣史論文時，曾經見過的幾個生難字。然後，女巫開口了。

「不要緊。台灣人也有優惠。我的月亮魔法禱告會，現在視訊版、特價五百元。」

我忘記自己怎麼逃出占卜店，只記得其中涉及一些推擠拉扯。最終女巫憤怒地要我立刻PayPal 七十元的靈氣閱讀費給她。我踉踉蹌蹌往店外跑，波士頓的陽光把眼前景物沖洗成過曝的相片。這時，我才看到小暢要我注意安全的訊息，然後開始往她在的隔壁咖啡廳走去。

在敞亮的大麻店裡，詹姆士一臉惋惜，雖然我們似乎對快樂已經有了基礎共識，但因為我忘記攜帶任何現金，我與瑟萊斯汀娜原本可以擁有的快樂旅程，就此宣告終止。不過，臨去前，詹姆士不忘對我熱情吶喊，台灣需要大麻合法化！「與台灣站在一起！！」他用兩個驚嘆號的力道表示。我羞愧地走出店外，發現薩默維爾大道非常濕潤，波士頓的雨又在下著。我決定在雨中站一會。

站了一陣子，身後傳來詹姆士的聲音。「蘇菲亞小姐。」詹姆士呼喚我。一轉頭，看見他用黑黑髒髒的手掌，捧著一隻極為迷你的小白兔。小白兔有著米黃色的耳朵，鼻子一動一動的，好奇嗅聞空氣中的濕氣。

「我想介紹我的小白兔給你認識，牠叫布萊恩。」詹姆士的聲音，還是有那種滿不在乎的慵懶。

嗨，布萊恩。雖然整個場景非常奇怪，但我還是基於禮貌，和米色耳朵、毛色漂亮的布萊恩問好。

「拍牠的頭。」詹姆士誠摯邀請。於是，在波士頓午後的雨裡，我輕拍小白兔布萊恩的頭。我一直輕拍著，竟不知道停下來的時間，詹姆士滿意地點頭，然後我終於感覺自己臉上的濕潤。

「不要回頭。」咖啡廳裡的小暢聽完我歷劫歸來的恐怖旅程，忽然從齒縫間低聲噴出四個帶有警告意味的字。不過，如同奧菲斯神話給我們的教訓，通常要人不要回頭，就是那人回頭的開始。我忍不住將頭往後轉了四十五度，越過肩膀，在過曝的相片中看見女巫的黑衣黑髮。她就站在門口，直直地盯著我，目光陰沉而緊湊。我整個人僵在原地，忽然摸到口袋裡，本來沒有的，一張硬的紙卡。

一直到回台灣以後，使用 Google 地圖沉浸式行走功能，複習我從薩默維爾到劍橋鎮的上課路線。我偶爾會想起，從夏天帶回來的，那張仍舊躺在口袋裡，不敢任意拋棄的女巫名片。

Book 2 假仙女／

仙女內褲

被求婚的那天下午，跪在地上的男人將戒指高舉過頭，黑黑的腦袋讀不清楚情緒。我的心瞬間縮成毀損的 word 檔，明明有滿滿的字，列印出來卻都是白色的。

一生（大概）只有一次的重要時刻裡，整個房間的相機眼睛對準我，要捕獲關於愛情最終的答案。可是，如果這是一張已經成像，關於 to marry or not to marry 的攝影作品，讓觀者心癢難耐的刺點（巴特說，刺點是從景象中彷彿箭一般飛來，射中觀者的小細節），應該是女主角一路向北，不合時宜的僵硬人中。然而，對女主角而言（也就是同時作為觀看者／被觀看者的我），像箭一般飛來，微小卻刺痛的，是卡在屁股縫的內褲。

「吼喔，好想摳出來喔。」是的，這就是全世界都在等一個答案的當下，緊揪住我的唯一念頭。

我相信，對大多數的女孩而言，生命裡舒伯特也有無言以對的時候，如芒在背，如鯁在喉，都不如一條卡在股溝裡的內褲那般難耐。

少女時代的夜晚，山氣入窗，最喜歡趴在床上讀張曉風〈紅毯的那一端〉，邊讀邊哼彭佳慧的〈走在紅毯那一天〉，相信長長等待的終點，我的心果真會是一張飽滿的新帆，被風虎虎吹著，鼓脹著，那該多美。後來才知道，自己這般痴醉，不過是羨慕她們能夠用全部的心意去確定一件事情罷了，個性拖沓如我，長大了才明白「確定」是難能可貴的。然而，沙特老早就警告過我們，絕對的自由與選擇使人苦痛，你如何得知一個決定的背面是什麼樣的風景呢？特別是必須在眾目睽睽下做出蘇菲的抉擇，還得先把自己整尊好好端著（小說《蘇菲的抉擇》作者威廉．史岱隆談的當然不是求婚，而是更沉重的存在問題，但同樣都是無法抉擇的抉擇啊）。

其實，劇本在開拍之前已經寫好，點頭、流淚、相擁、轉圈圈才能讓觀眾滿意。偏偏那無可忽視的異物感，讓我無論如何只想衝進暗處，鬆開褲頭，然後呼出長長的一個「啊」字。這麼說好像有些殘忍，但是，立在玫瑰花瓣圈圍成的心形裡，那麼美好的時刻，我的的確確有幾分像是站在審判台前，處於一種存在主義式的「卡屁境遇」中。

說到底，人生每個「卡屁境遇」，都來自一條不合身的內褲。

跨過二十五歲之後，新陳代謝留職停薪，腰肉徒長，一路從臀翼層遞而上，漸漸地失去界限，小團圓了起來。消費行為中最令人著迷的質素，是讓你買回一個幻覺。經常買一條過小的內褲，或者一望便知腿肉灌不進去的 Skinny 牛仔褲，就像沙漠中的旅人，願意用他全部的財產買眼前的海市蜃樓，即使那是自己永遠也到不了的地方。

友人L曾經為了買一條S號的內褲，在賣場和男朋友僵持不下。「我記得以前穿S號就可以啦，就算變胖了，瘦回來就能穿了不是嗎？」偏偏男朋友堅持她應該認分做個L號的屁股。友人沮喪非常，就在那一刻，她突然覺得，這個男人真的一點也不適合她。

望著自己半個衣櫃尺寸太小的內褲，遂想及幻肢的概念。失去四肢或身體器官的患者，剛開始的時候仍能感覺到它們附著在軀幹上，感知溫度，甚至發癢、疼痛，稱為幻肢痛。何俊穆寫的詩集取作《幻肢》，他說：「幻肢就是，我沒有，但我假裝它有。」每個塞在S號內褲裡的L號屁股，其實都有著青春的幻肢痛吧。一去不復返的曲線，套上少女內褲後，便能假裝它還在那裡。「所以，那件內褲好穿嗎？」友人L嘻嘻笑，捏起一把腰間肉，說：「憋死了。」寧願將自己擠進不合適的內褲，也不願意將就不合適的男朋友，我看見三十五歲的L，青春的斷肢正隱隱作痛。

Alex Grigg 有支四分多鐘的動畫短片，就叫《幻肢痛》（Phantom Limb）。在一場幾乎奪命的車禍後，Martha 失去了她的手臂，然而，患有幻肢痛的卻是當時騎車的 James。Martha 斷肢頻頻騷擾 James 的場景，簡直有如泰國鬼片《鬼影》，管你行走坐臥，都要與你愛相隨。不過，我卻覺得這部動畫短片浪漫極了，高中學過的英文片語「穿他的鞋」（In someone's shoes），意思是設身處地替對方著想。光穿鞋怎麼夠呢？當她的斷肢，或者，作一件努力吞進L號屁股的S號內褲，才是最濃烈、深刻的愛與理解啊！想到這裡，我好像忽然有點懂得友人L了。

另一個為內褲煩惱的友人M，第一次和心儀已久的男生約會回來，就拉著我哭：「今天跟他上床了。」哭得這樣激烈，一定是被對方欺負了吧，正準備挽起袖子教訓臭男生時，她又扯住我的手哭：「不是啦，是我今天毫無準備，穿了一條鬆掉的阿嬤內褲。」

每一次赴充滿無限可能的約會，最最擔憂的大概不是餐廳美不美味，而是今天內衣褲穿整套了沒？那是關於內褲的符號政治學。我的男性朋友曾經告訴我，層層剝開女伴的衣物後，內褲就像是等在那裡，第一句要對他說的真心話。若是黑色蕾絲織花內褲，嗯，她一定很清楚自己的魅力，可能同時具有一點攻擊性；若是白色棉質內褲，再撒上小草莓、小藍莓等各式水果，那必定是單純可愛，對戀愛還有滿滿的期待；若是丁字褲，這個嘛，就比較難斷定了，應該是不受束縛，卻又享受痛苦的女子吧。聽完他的內褲心理學，噗嗤暗笑，穿丁字褲的女人，極有可能只是常穿的內褲都積在洗衣籃裡沒洗啊！西蒙．波娃說：「世界的再現，如同世界本身一樣，都是男人的作品，他們從自身的觀點描述它，並與絕對真理加以混同。」我們都明白再現不等於真實，若內褲作為一則象徵符號，其符號義的約定俗成，究竟是誰與誰的約定呢？

無論如何，一條女性內褲，絕不會是一句真心話，反而比較像是一行修辭華美的謊言。

不過，阿嬤內褲的奮鬥史，有《BJ單身日記》替它平反。當胖胖的芮妮．齊薇格飾演的布里吉特．瓊斯，用一條巨大的膚色阿嬤內褲套牢黃金單身漢達西先生，我簡直要在戲院內鼓掌叫好。阿嬤內褲才是女人的真心話，包覆性剪裁，柔膚觸感，無論多大的屁股都能輕易托住。布里吉特．瓊斯用一條大內褲激勵了我，原來這個世界上，還有人在最初相遇的時刻，願意托住那樣鬆垮、醜陋的自我。聽說，這條偉大的內褲在二〇〇六年被皇家公園基金會公開拍賣，所得將用來修繕倫敦公園景觀，公園也是都市人的阿嬤內褲，親民、透氣又舒適。這本來會是一則很美的隱喻，只可惜最後休．葛蘭受邀在內褲上簽了名，向所有倫敦女孩宣示，英倫花花公子到此一遊。

回到我的「卡屁境遇」。整個房間的人還在等我的答案，拿著相機的攝影師開始躁動，深怕把喜劇拍成悲劇。我突然想起跪在地上的男人曾經向我抱怨：「又不是你們女人才有內褲方面的困擾。」男人有什麼困擾呢？後來才知道，維多利亞時代的英國，男性內褲原型為貞操帶，是醫師為了防止青少年手淫發明的得意設計品，連睡覺都必須戴著，不舍晝夜。看來，無論性別，內褲都曾為了掩蓋真實而生。十九世紀英國的男孩穿上之後，內褲就成了修辭裡的轉品，將動詞轉為安靜的名詞，彷彿男孩勃發的性欲也能這麼轉介出去。當然，真正困擾男人的不是歷史原罪，他只是很委屈地叨念：「其實男性內褲也有罩杯，我也會有裝不滿的擔憂啊！」說到底，還是尺寸的錯，男性亦有幻肢痛，一道永遠關於加法的難解數學題。

想到這裡，以一種莫名其妙的方式，我終於有了篤定的感受。

如果生命裡有一個人能像卡在股溝的內褲，他就在皮膚的夾層裡，隱隱然讓人覺得渾身不對勁，卻也不至於使你痛苦得無法生活。靜靜地等待你把他扯出來，再靜靜地卡回去，來來回回，靜謐而堅定，一首關於內褲的情歌。

我想，這或許就是愛吧。

仙女胸罩

出了更衣室，我的自信心已經下半生癱瘓，跌滾在地，整牆的白紗就像七月抓交替的鬼魅不斷欺近。陪我挑婚紗的友人A也是準新娘，見我把魂魄與衣服一起褪在更衣室，隨即也慌亂了起來，忙著問我是不是撞鬼了？

還記得嗎？A的緊張莫名，就像小時候排在捐血車外，每一個列隊下車哭喊的小朋友，都能瓜分走一點原本揣在懷裡的勇氣。於是，終於該你上陣，你卻堅稱捐血車是一種吞食小孩的妖獸，無論母親如何勸說拖拉，都沒辦法將你從地上連根拔起。是啊，那麼篤定的焦慮，就像地獄一頭已經有人先行，還沒過奈何橋，便彷彿刀山油鍋的滋味你都懂得。

然而，真的有人能替我們赴死，並重返陽世，於沙盤掠下腳印，帶回關於死亡與生存的訊息嗎？

這或許是《尋找愛情一百個魔力》、《投資幸福婚姻存摺》始終能盤踞暢銷書排行榜的原因吧？相信關於生關於死關於愛關於恨，好的老師都能帶你上天堂，包你第一次結婚就上手。可是，《聖經．撒母耳記下》是這麼說的：「沒有人能到天上去求主來替死；也沒有人能到陰間去求主從死裡復活。」長輩總是告誡，歹路毋通行；不過，我也總是想，別人的歹路卻未必不能是我的活路啊。

總之，此刻A捏緊我，盯住更衣室的眼神，就像那是一個吞食新娘的妖異空間。婚紗工作室的業務尾隨我出來，熟練地架起笑臉：唉呀，胸前空空也沒什麼啦，下次記得黏上NuBra就好了嘛。其實啊，好的業務帶你上天堂，好的胸罩讓你進得了教堂出不了臥房，這個月工作室最新推出三個包套方案，如果你是荷包蛋，打散重組加料就變成兩塊美滋滋的班尼迪克蛋；如果你本來就是大木瓜，我們保證讓你熟透鮮甜卻不落果。

簡單來說，本公司是乳房料理魔術師，上菜那一刻，保證連新郎都吃不出食材原味喔！

方案一：新娘無長胸

自從代父出征，同行十二年的兄弟竟不知她為女郎之後，安能辨雄雌的木蘭就成為無長胸族群的典範。只是，典範總會移轉，現代木蘭出征愛情邊塞前的整裝行動是：東區買 NuBra，西區喝蛇湯，南區抽脂肪，北區做 SPA，任何一種能遠離自己的方法，就是靠近婚姻的方法。

名模海蒂．克隆（Heidi Klum）曾在「決戰時裝伸展台」中讚嘆 NuBra 的發明，隱形胸罩成為貧乳新娘的聖城麥加，自然起伏的乳溝絕不會有人指著你喊：「麥假！」我們相信 Heidi Klum，因為她是嚴肅且誠實的德國人；我們當然相信德國人，因為它是後起的資本主義國家，曾經被英國、美國、法國遠遠拋下，靠著紡織業，就能迅速咬住現代化的尾巴。超英趕美，這難道不是貧乳族的勵志故事嗎？有了紡織業，就有大躍進的希望。

科技與時尚始終不來自人性，而是人性的改造工程。

欲望在拉岡的眼裡即是修辭學的換喻，能指無止境地移轉、漂浮，欲望必定永恆匱乏。NuBra 的廣告詞是這樣寫的：「讓女人不需要藉由矽膠隆乳手術，也能夠達到瞬間豐胸的效果。」我想，NuBra 的發明本身就是一則巧妙的換喻，將所有貧乳女孩在胸部注入矽膠的欲望過渡到看不見的胸罩上。只是，欲望創造欲望，在你還沒回過神以前，胸口就已經裹上一層又一層 NuBra，一峰還有一峰高，一如摩登大聖的面具，戴上它便無所不能，以為自己對命運有絕對的宰制權，卻總是忘記脫下後無盡的虛空感，以及伴隨而來的濕疹。「建議穿戴時間勿超過八小時。」你看，說明書不是說了嘛。

越是強大的權力賦予者，內裡越是脆弱，獨裁者的軟肋，特別需要私密呵護。粗枝大葉的友人Y，長期將號稱可反覆黏貼超過一百次的 NuBra 摧殘成日拋，苦惱多時，才發現原來她總是將兩片罩杯疊合收納，和著汗水雨水淚水，再撕開又是一幅印象派的光景。目瞪口呆之餘，我們來看看 NuBra 該如何保存：首先，請使用不含乳霜的清潔液，以指腹柔軟按摩，洗淨後妥妥收進無塵盒中。當然，穿戴前你得沐浴淨身，香水、蜜粉、身體乳液都會妨礙你與它緊密貼合。

最狂暴的關係往往最純粹，因為純粹，所以脆弱異常。「因此，黏性堅強的兩片罩杯，最好待在各自的宇宙裡，學習牛郎與織女，隔著銀河遙遙相望即可。」你說的是 NuBra 還是人啊？友人Y懵懵懂懂。我聳聳肩，二者有差別嗎？

其實，前幾天讀到班維爾的一句話，我覺得很適合形容 NuBra 和女人的關係喔！友人Y隨即慎重地朗誦出來：「啊！這麼多的隱喻，我像一切，只是不像我自己。」語畢，我們皆跌入莫名而悠長的悲傷。

如果欲望是隱喻，那麼 NuBra 便是被藏起來的喻詞吧？看不見的胸罩，最好在男人面前永遠保持隱形。還記得幾年前福斯廣播公司製作的《魔術師之終極解碼》嗎？戴著面罩的魔術師在觀眾面前把魔術秀層層剝開，下場嘛，當然很慘，不僅觀眾不領情，扮演蒙面人的法爾．范倫鐵諾也成為魔術界的叛徒。

任何幻術都只能是幻術自己，當隱喻變成明喻，就成為最不性感的修辭學，失去詩意，也失去性欲。

方案二：圈地養牛法

你知道圈地運動嗎？憑著對歷史課本稀薄的記憶，我和友人A勉強點了點頭。好吧，以下容我簡單說明。中世紀的歐洲原來盛行「敞地制」，所有地主在收割季過後，都會撤除藩籬、柵欄等障礙物，抹除界限，成為你中有我我中有你的公共牧場，類似農村公社的概念。然而，十五世紀以後，毛紡織業壯大了起來，為了謀得更大的放牧地，貴族們靈光乍洩，改採圈地制，籬笆重新排列組合，不再撤除。無地可耕的流浪農民，有些丟掉了半隻耳朵，有些丟掉了整顆腦袋，有些丟掉了謀生能力，流浪進工廠，成為城市裡的無產階級。

「謝謝你幫我們補充歷史知識，但是，這跟婚紗包套方案有什麼關係？」

別急，正要開始說呢。這個方案是為乳牛新娘量身打造，貧乳族大概很難理解，集三千寵愛在胸口究竟有什麼可埋怨的呢？仔細回想，身旁應該都存在過這樣的朋友，每次中學運動會，她只要上場隨意跑動就能刺激男孩唾液分泌，該你接棒的時候，男孩們卻又或坐或臥，或偃仰，惟意所適，目光空洞。也一定有這樣的一個時刻，當她氣喘吁吁向你抱怨：「胸部真大真討厭。」望著擱在桌上兩團奶白的人體碗筷架，你會氣得想掐住她脖子，把少女時代操場上的挫敗統統討回來。

一個乳牛新娘曾經這樣辯駁：她時常覺得過大的胸部並不與她互為主體，在某些時候，那種巨大的存在感甚至讓她自身的主體性逐漸消融。在由符號拼築的世界裡，胸部就是拉岡的大他者，主導所有發言權，以鬼魂的形式存在，玫瑰銅鈴眼的凝視。「到最後，作為一個女人，在凝視中，只剩下胸部，即其所代表的性欲與餵養意義，僅此而已。」

從敞地制到圈地制，羊吃人的私有制時代來臨，湯瑪斯．摩爾如是說：「綿羊本來是很馴服的，所欲無多，現在牠們卻變得貪婪和凶狠，甚至要把人吃掉。」比圈地更早，女性經歷了從襯裙到束腰內衣，標識了乳房吃人的私有制，身體即土地，隨人圈占，界限分明。於是，被規訓的身體，應和無法馴服的欲望，再也不可能拆除的柵欄，精密算計的建築學，務必違背所有科學法則，重組器官位置，也重組了一個時代的審美觀。有趣的是，當束身內衣已經發展到「這太不科學了啊」的同時，一顆蘋果的墜落讓牛頓發現了萬有引力，女人胸前的兩顆蘋果卻還得如蔣公溪邊看魚，永遠力爭上游。

成也紡織業，敗也紡織業。

說了這麼多，希望你別覺得氣餒。大鬍子馬克思認為，圈地運動讓流浪的農民從土地中解放，把勞動力還給自己。所以啊，勞動一整天後回家，實在不想打掃，不妨反向思考，穿上束身內衣，綿軟軟躺著，作一個傾倒的優雅的8，從掃把中解放，把勞動力還給自己。

方案三：女性主義大減價

如果聽完以上兩個包套方案，會有一種想捲起褲管當落跑新娘，或者乾脆砍掉重練投胎當男人的衝動，不用擔心，我們還有為新時代女性研發的特惠組合。是的，本公司一向堅持白海豚遇到國光石化會轉彎的經營理念，或者，說得比較專業一點，就是後現代去中心，沒立場就是有立場的概念啦！

偷偷告訴你們，乳房與內衣的多角關係真的讓女性主義者很頭疼。七月半多夢，一名叫 Tom 的第二波女性主義者從七〇年代穿越時空來打臉，詛咒我每天多幫一個新娘貼 NuBra 穿馬甲，就多下一層地獄。她撥動短髮，大聲罵幹，如果乳房是女性氣質的符號具，那胸罩就是女體在男性凝視中建築的監獄。

啊，這麼說來，我的工作就是獄卒了。

她撇撇嘴說，從乳房隆起成微熱山丘的那一刻，你就進入市場經濟，擁有又高又挺又尖的奶子，這一生的價值就完滿了。歲月催奶老，如果不嚴格控管身體，以水果來比喻的話，老掉的奶子就是放太久的木瓜，皮質皺縮發爛，搖搖欲墜，青春的水分都為繁殖犧牲，最後只能被市場淘汰。你看過水果攤後的大簍子嗎？擠滿了潰爛、賣不出去的水果，像極了老奶子的墳場。

「難道亙古存在的拜奶教，到公元二〇一四年已經消失了？」我前思後想，對耶，不過陽具崇拜也還存在啊，男人也是很辛苦的吧！這番辯駁似乎惹怒了Tom，她又吼了一句髒話：「你有看過男人每天用支架把屌高高束起，隨時保持勃發狀態嗎？就像《獅子王》最經典的一幕，老獅王高舉新生的寶貝兒子，然後百姓就膝蓋一軟萬獸朝宗了。」

語畢，Tom 在我胸前燃了一把火。「焚毀胸罩吧！」火光中，我感覺自己是一隻重生的鳳凰。

夢醒以後，我請了三天假才敢來上班。說句實在話，我再也沒辦法毫無愧疚地面對我的工作，每次幫新娘束胸的時候，都覺得自己是萬惡殖民主的打手，對眼前女體進行一次又一次的殖民。所以，我特別推薦本方案，何不在婚禮當天讓乳房流動四散，對父權大笑三聲呢？除了低成本高折扣以外，月底前簽約，我們還送機票，讓你脫掉胸罩，飛往紐約參加一年一度的話來。

我和友人A走出婚紗公司，什麼約都沒簽成，彷彿地獄人間走一遭，站在街頭久久說不出「裸胸日」喔。

友人A拉開衣襟問，我們該拋開胸罩，回家對老公比中指嗎？我遲疑著說，可是九〇年代的後女性主義可能會要我們捧著乳房，享受身體表演與被觀看，才有辦法在意義爭奪戰獲勝啊！脫與不脫間，我想及中國詩人海子一九八八年的詩句：「我要在你火紅的乳房下坐到天亮」，隔年，他就躺在山海關的鐵軌上，讓火車輾過二十五歲的年輕身體。

當然，你可能會對這間神祕的婚紗工作室充滿興趣，急著在結婚論壇向網友詢問評價；或者，你也可能會責備自己一定是太閒了，才會耐著性子把這麼長的唬爛文全數讀完。不過，關於胸罩的啟示，如果你要來問我的話，我絕對裝死以對，說得比較專業一點，就是羅蘭・巴特談的「作者已死」啦。畢竟，寫小說的男人未必不坦白，寫散文的女人也不盡然都可信啊。

仙女假屁股

「每個人都需要一個假屁股。」

在結婚社團上寫下這句推薦語以後，立刻就收到許多網友來信。網友 trueass9487 好奇為什麼寫實的屁股不足以應付一場婚禮？帳號 boobslover 的網友則質疑假屁股存在的真實性，抱怨光是魔術胸罩的發明就夠擾亂視聽了。MoJhuJiao 更帶著敵意，指責我沒有資格代言所有人，煽動任何不必要的婚禮支出，都是惑眾妖言。

為了澄清自己並非不負責任推薦，也不是收了哪個假屁股廠商的廣告費置入性行銷，我決心娓娓寫下使用者見證，字字血淚，都是真實體驗。屁股雖假，我的感受保證不造假。

使用者守則一：當付出都是屁

什麼時候最需要假屁股？

當付出都是屁。

自覺卑鄙渺小又想抓住什麼往裡頭灌，像隻河豚虛張聲勢，就會生出諸如此類的奇怪念頭。總有這樣的時候吧，特別是年過三十，代謝變慢，永遠都在減肥，也永遠都在進食，縱情與節制相生相剋。因此，硬著頭皮走上紅毯的那一刻，總是痛恨自己的身體如何能醜陋到此地步。所以，比起其他令人厭世的各種塵俗瑣事，如果有人問我籌辦一場婚禮最重要的，無論如何都不該捨棄的事物是什麼？廢話，當然是假屁股。我會這麼說，一秒都不考慮，而你最好相信我。

事實上，一場婚禮必須捨棄的事情太多了。任何實實在在走過紅毯的男男女女感受都各有千秋，有時候還勢如水火。一旦被問及在籌辦婚禮前曾經被什麼困擾著？初初想到的大概會是幾個無聊場景：站在爬滿水垢的浴室盯著蓮蓬頭傾瀉而下的水花以為遭遇海嘯。躺在為了應付婚禮習俗剛剛購入的雙人床上覺得自己正睡進一個恐怖的宏大傳統。躲入陽台角落抽菸預感未來一個人的時光也許就像撢落的菸灰四散進黑夜中。不是夕陽鋪滿的大草原，也沒有星空下難分難捨的火車月台，用不著雙膝跪地漫天哭喊，就只是無止境的日常而已便足夠驚心動魄。走到這一步，也許已是婚禮前一週，沒時間反悔，因為一遍又一遍證明語言的無效性而恨透了彼此，你可能會突然無比清明又無比昏亂，想不起自己究竟為什麼與此人走到此地。

五個W，一個H，人活著就是為了問問題。可所有單字裡 Why 是最可怕的起始句，後頭往往得跟著鴻篇巨帙的自我追尋。如果非得認真把是非題答成申論題，那麼人生很多選擇可能都得從頭來過。

是的，這是我的忠告，最好別問正在辦婚禮的人：為什麼你覺得困擾？那太不聰明。因為雙方的抱怨絕對是一瀉千里抽刀斷水水更流，任誰都覺得自己在拉扯爭執妥協退讓的過程中有無盡委屈。如果對方竟然讀不懂你的犧牲，必定是親密關係裡的文盲。說到底，那其實無關哪個人在哪件事情上出過多少氣力。做得多的，自然覺得所有掏出心肝，那麼凶猛又深邃的給予，沒有被心存感激地欣賞。「付出那麼多但你卻都不感動」，歌手陶喆好像在哪一首歌這樣唱過。事實上，被虧欠是一種流行，也是所有情歌的永恆命題。然而，這個問題從來沒有完美答案，你若搶著演出勞心勞力的角色，就注定所有心力勞動的報償都來自，啊我真是個極好的人啊，美麗而虛假的倒影。可是呢，不是誰都甘願當一面鏡子，去成就你付出時艱苦卓絕的幻影。

無微不至的照顧，也是精密綿長的控制。

我聽過許多在籌備婚禮時硬著肩膀上戰場的新人，真的就帶著一種赴死的美感奔忙。覺得自己畢竟也是人生父母養在關愛之中極其珍貴地長大，這一輩子再沒有這般一夫當關萬夫莫敵的時刻了，那種陡然登大人的悲憤感是英雄式的，簡直美死。把自己弄硬，雖千萬人吾往矣，射出來就重生了，巨嬰鏡像期之後自我認同重新建構。

真屁股，假屁股，只要能挺過去的就是好屁股。

使用者守則二：地獄之火在我屁股燃燒

嘮叨了這麼多與假屁股無關的事情，其實為愛無私犧牲真的是幻象而已。實話是，走上紅毯上的那一分鐘，別無所求，只想讓所有人羨慕死你。為了那一分鐘你願意不擇手段拿靈魂與魔鬼交換。

假屁股來到世上以後，喜樂有如泉源，末日可以倒反，彌賽亞降臨。信我者，都配擁有魔鬼的身體，那鐵定是天使的發明，愛我守我誡命的，屁股必在神所賜地上長久挺立。信假屁股得永生。因為現實世界裡，我寬闊扁平的臀部，攤開如一張油脂豐厚的蔥油餅，怎麼也撐不起理想中那套靛藍色緞面魚尾緊身裙。完美禮服的曲線，永遠為完美的身體設計。用這副醜屁股闖蕩這麼多年，我至少明白了一個道理，如果要拿真實臀型去贏得一段關係，通常都有風險。雖然投資一定有風險做自己有賺有賠申購前應詳閱公開說明書，但當你展開自己像展開一張說明書，使用前請讀我，你說，卻不止一次在聲稱愛你的人眼中見到退貨前的表情：（天啊那是什麼樣的屁股！）也就慢慢懂得把燈捻熄，在暗黑的房間裡當一條沾鍋的魚，掙扎著砰砰跳跳，拒絕翻身。

我是在鼓勵使用者說謊嗎？也許吧。但事情是這樣的：「有許多次，我看著我的相機，為我雙眼所見而落淚。」那是巴西紀實攝影師薩爾加多的凝視，他不怕世界的醜陋，要深深看進苦難裡，然後才能照見一點美好。後青春期男女攬鏡自照亦如是觀，一年又一年扭過身，撞見兩片臀肉如暴雨後缺乏水土保持的泥坡坍塌，在下游沖積出肥胖紋。故事的結局總是：我走山，你走心。

那麼醜陋，真的是我的身體嗎？有人會愛這樣的身體嗎？我要為雙眼所見而落淚，我要望進歲月核爆的災難裡，直到從廢墟裡看見一點點重建的可能。

可有了假屁股，歲月就不用是紀實攝影，我可以停止旁觀自己之痛苦，可以造假青春。

於是，婚禮上，只有我與我的愛人，知道靛藍色緞面魚尾緊身裙裡塞了兩坨肥肥的謊言。也只有在那一天，我可以挺起腰把路走直，不心虛，練習用特別誠懇的騙術，欺瞞所有人，有時候也包含自己。

但有什麼關係呢，紅毯上的假屁股，可能就是往後五十年人生的預演。千帆過盡，水落屁出，愛過我最壞的，又能在我對鏡中身影深惡痛絕的時候，一起造假，把謊話說真，那或許就是婚姻最好的工程品質。

使用者守則三：野外露出日記

世界上最討厭假屁股的人，可能是盧梭喔。

既然強調使用者見證，還是得承認假屁股也有它的限制。歷史上對真實屁股能帶來的快感有最生動體驗的，盧梭必須勾上大大一筆。

八歲的小盧梭有一副善解人意的屁股。女教師朗貝爾斯朝他裸裎的臀部揮鞭的時候，他第一次有了宗教情懷式的狂喜頓悟。規訓原來不見得是懲罰，天堂路本來就由地獄礫石鋪成，極度恥辱能擠壓出極度爽快，不是索多瑪城招來末日，是末日的磚瓦蓋出了索多瑪。每製造一次錯誤，盧梭的屁股，與朗貝爾斯小姐的鞭子，就有迸發一次痛苦悲喜的可能，因此小男孩盡量讓自己錯得可以。

如果說，泰戈爾對生命的期待是，使生如夏花之絢爛，死如秋葉之靜美。那麼小盧梭的屁股哲學，生死乃一瞬之事，絢爛與靜美同一。

或許你可以說，所有善解都可能是一廂情願的誤讀，以盧梭的屁股為例。長大以後的盧梭重返童年，叨叨絮絮寫了厚厚一本《懺悔錄》，不是那種生而為人我很抱歉的悔過書，更多是暗夜街巷自曝其短之乍悲乍喜。盧梭回憶起他初生的屁股第一次與世界產生了辯證性關係，朗貝爾斯小姐的鞭子揮下，劈開了哲學家對罪與罰的全新想像，這一世他將如此定義自己：「正是這種懲罰注定了我終身的品味、欲望和熱情。」

女教師停止體罰以後，沒有疆界的罪惡終究如漫出而無人治理的洪水，在陽光下緩緩退去。山不轉路轉，盧梭便帶著他敏感的屁股鑽進暗暝的法國街巷，對著路過的女子野外露出。野外露出，不合時宜，一下子掀開，把所有醜陋的真實傾倒進世界的眼睛裡，私欲私情公共化，如此一來，世界就必須凝視那醜陋無法別開眼睛。這就是盧梭的品味與勇氣，街頭小革命。

誰說辦一場婚禮不是野外露出呢？我與我完美的假屁股走上紅毯，宇宙全暗，聚光燈下，那一分鐘的想像裡，只有我是在銀河溜冰的飛天仙女。走道旁萬人擁戴，精靈女王蓮步登台，手指緩緩一揮，好了好了，謝謝大家的愛，眾卿平身。即使過去我多麼渺小，但在那一條通往天堂的走道上，我就是開天闢地的神，多美的畫面。

事實是，天堂路果然由地獄礫石鋪就。一走進門，只三秒，坐在走道邊，最近也剛搞定一場婚禮的朋友便火速伸手，一把扶上我的臀部，掐一掐，露出瞭然於心的微笑。

野外露出，我是紅毯上光屁股的盧梭。朗貝爾斯小姐的鞭子揮下來，所有在婚禮前爭得你死我活的權利與義務，藏在細節裡的魔鬼，頓時就像說得太過拙劣的謊言，說到底也只騙得過自己。噢假屁股，噢假屁股，多少自我放棄假汝之名行使。暴食、色欲、貪婪、憂鬱、憤怒、怠惰、虛榮與傲慢，證婚台上，愛人舉起眼睛，緩緩念出我的八宗罪。

使用手冊寫到這裡，我還算是假屁股的愛用者嗎？仔細想想，內褲造型，膚色棉質，這種設計，明明看起來就像是為自我犧牲成全他人而存在啊。唯兩坨擬仿珍妮佛．羅培茲翹臀的矽膠畢竟太過生硬，裝在我日漸鬆垮的肉身上，一下子就洩了底。

沒有屁股是平等的。愛露屁股的盧梭研究人類不平等之起源，光天化日，大膽把臀部裸出來，上流社會的王宮貴族們尖聲怪叫，多爽，醜態百出的反而不是盧梭自己。

有人告訴我婚禮都是假的，只有在日常裡實踐關係是真的，也許是這樣吧。但是，如果辦過一場盡力造假的婚禮，穿上假屁股，然後被拆穿，大概也就能明白，一起編造出最無瑕的謊言，必得從彼此坦白開始。

仙女衛生棉

與友人I在賣場採購的下午，她忽然擱淺在衛生棉架前，像一隻換氣不順的胖鯨魚，從臟腑深處吹出腥鹹怨念。我用手肘頂她，喂，見鬼啦？她才森森抬頭，雙手伏在肚子上宣誓：「我暫時。不需要。衛生棉了。」

在那之前，I的世紀婚禮正如火如荼籌備中，所以，此刻淒厲人妻與衛生棉的訣別書，訣別的恐怕不只是衛生棉，還包括青春身體，以及所有少女時期對婚禮的各種幻想。

「好自在」卿卿如晤：吾作此書時，尚是S曲線中一人；汝看此書時，吾已成為妊娠紋一鬼。I瞅著我，淚珠和筆墨齊下，有烈士準備幹下極愚蠢卻又極絢爛的大事前，那種雖千萬人吾往矣的悲催眼神。

未婚妻大概是世上最詭異的物種，每個正準備打檔上路的準人妻們，都是盧貝松鍾愛的飛車手，還是全能估價王，兼任廟街神算。

總有那種，兩個家庭喬也喬不攏的時刻，理智差點失速的雷霆殺陣，全靠未婚妻腳尖在剎車上一收一含，才能在賽道交會前衝破死亡髮夾彎。你放心，無論第幾次元的關卡，人妻小火箭沒有極限，每一份訂單價格都要與婚禮廠商含淚跳恰恰，每一個喜從天降的時辰都來自擲他千遍不厭倦的筊杯，每一個步驟、儀式，甚至塞進禮服裡的身材都必須精密算計，腰圍失之毫釐，出場效果就會差之千里，你還不用為人母，只要策劃一場婚禮就會是勇者無敵。可是，千算萬算，總算不過一次性欲防護工程的輕忽，婚禮歌手落跑、親戚醉酒鬧場對未婚妻的職業傷害，可能遠不及一批驍勇善戰的精子大軍入關來得嚇人。

於是，半年來和我一同飛車、估價與算命的戰友I，曾經帶著婚禮應該這樣那樣的幻想，卻都得在宣誓放下衛生棉，霸氣側漏的此刻，與緊身魚尾禮服、浪漫蜜月旅行說再見。

沒有遺憾的再見要好好地說，我們替I辦了一場守靈夜，一夜燒盡未婚妻的漫長等待，青春啊，一路好走。

未婚妻 NO.1 點燃第一炷香，話說從頭，道出初次和衛生棉狹路相逢，青春賽道的起跑點。說起來，那經驗極度羞赧，即便小學五年級的她，已經早熟到讀遍書架上預計幾年後才會發揮作用的性教育叢書，關於人體的十萬個為什麼逐漸有了輪廓，甚至讀到精子和卵子重逢相擁的動人時刻，下腹竟意外捎來熱浪陣陣。回想起來，那或許就是她的性啟蒙，以一種詭異的，嚴肅的，知識性的想像，組織小女孩還未成形，萌萌的欲望。但是，你總以為萬事俱備只欠東風，東風卻在暗夜突襲，所有演練都被證實只是紙上談兵而已。因此，當女孩趁父母熟睡，扯開內褲，瞄準欲望標靶，卻目睹一江赤水向東流的瞬間，她還是在被子裡慌張地哭了。這一定是老天爺懲罰我剛剛做的壞事啊！不管攜帶了多少性知識，一種帶有宗教情懷的恥辱感還是宿命地湧上，她決定接受責罰，整個經期都未向人求救，內褲上的血跡斑斑就像考卷上的紅字，日日提醒她：記住喔，不可以再這麼做了。直到老媽終於在衣櫃深處挖出好幾條血內褲，才把她拉進廁所進行一場真正的性教育。

冬日冷風拂過光溜溜的屁股，和著鼻涕和淚水，她乖順地依照指令：撕開衛生棉封條。展開。再撕開小翅膀的封條。貼在內褲上。貼緊啊不然它就要飛走了。媽你少幼稚了啦它又不是一隻真正的蝴蝶。可是她暗暗告訴自己，無論如何，都不要放開手。

隔天，她在內褲上妥妥貼好衛生棉，走進學校，覺得自己一下子老了好幾歲，變得與眾不同，彷彿偷偷夾帶違禁品，深怕被揪出來，卻又實在激動得好想與人分享。

往後，她走過人生各種階段，經歷過各種成長難題，卻還是常常回想起青春期初來乍到的時刻，在廁所裡一步一步展開衛生棉的翅膀，覺得自己第一次飛得和母親那麼遠，又那麼近。

未婚妻 NO.2 的生命裡有一個青春期前就落跑的母親，即使得到了蝶翼，也追不上老媽甩門而去的速度。她燃起第二炷香，以與自己無關的語氣，開始分享衛生棉延革史。是這樣的，聽說在衛生棉還沒發明以前，各國佳麗都有治理滾滾紅水的方法，白布也好，草紙也行，羽毛也罷，主要還是防堵大於疏通，稍有不慎就水淹經山寺。如此一來，月經來潮倒是把女人圈養在私領域的絕妙理由，你總不想做血腥版的漢賽爾與葛麗特兄妹吧？出門後就沿途撒落通往吃人糖果屋的血色線索。未婚妻 NO.2 初經來襲時，阿嬤慎重其事拿出一塊家傳白布，諄諄告誡她，每個月來紅，千萬毋通去廟裡拜拜，會髒了神明的地方。她記住了這道在祖母與孫女間隔代相傳的密令，想及自己一個月中將有七天身體骯髒到不被上天祝福，頓時孤單寂寞覺得冷，好像被宣判患了不治之症，此生注定有某種殘缺，與其他ＮＧ身體一同被遺棄在充滿斷頭殘肢的亂葬崗裡。

事實上，距離全世界第一片衛生棉問世已經六十餘年，七〇年代出生的她其實完全不用擔心，來到城市求學後，阿嬤的教誨隨著超商即用即拋，一秒瞬吸好放心的現代化治水工程，全部被留在遙遠的靠海小村裡，讓記憶重複洗滌、美化，成為一句靠不住的溫柔宣言。

彷彿要加倍補償早年被判為不整全的身體，她樂於以各種方式探索自己。某些夜晚閒來無事，她會拿出化妝鏡，立在兩腿之間，以各種角度觀察自己如何朱唇微起，唇唇欲動，進行一場唇在主義思辨。或者，她也並不介意在其他閒來無事的夜晚，和不同男人，或者女人一同人體大奇航，最好是在旅途中合唱她最喜愛的歌：「深深的話要淺淺地說／長長的路要揮霍地走／大大的世界要率真地感受／會痛的傷口要輕輕地揉」，經常是哼到這句，會痛的傷口要輕輕地揉，揉啊揉，她就已經去到了離靠海小村更遙遠，不再悲傷，只有爽快的世界。

後來，未婚妻 NO.2 成為衛生棉條的擁護者。這種由熟知人體構造的醫生發明，比隱形胸罩更隱形的產物，據說讓女性在紅色警戒時還能水陸兩棲。然而，八〇年代台灣的衛生棉條包裝上還看得到「未婚少女應注意小心使用」的警語，那是衛生署用法規立下的貞潔牌坊，宣誓守護處女膜，人人有責，使得棉條始終被排擠到貨架邊緣。二十歲失去處女膜的未婚妻 NO.2，終於在已經能將衛生棉條熟練導入體內的許多年後，決定和睡得最久的床伴登記結婚，如果阿嬤地下有知，一定會在神明跟前夭壽喔救人喔地哭喊吧。

沒關係呢，她還留著那塊家傳白布，準備和想像中未來不一定存在的女兒，訴說生命中所有欠缺，如今看來，都那麼潔白無瑕。

未婚妻 NO.3 還有一個禮拜就要嫁給自己並不愛的男人，點燃第三炷香，在幽暗的光影裡給出一個關於衛生棉情人的啟示。認識未婚妻 NO.3 的人都有一個印象：結婚聖戰士。並不是說她已經在婚姻關卡裡試著突破重圍，或是堅信婚姻具有牢不可破的神聖性，她只為找個人結婚而戰，在聖壇上有人願意宣誓與她相守之前，她會拚死跑完障礙賽，至於終點之外是什麼世界？不重要，抵達了再說。如果你再多問幾句，她鐵定翻臉：廢話！你在奮力撸管的時刻，會思考爽完了以後還剩下什麼嗎？就算什麼也不剩也要埋頭苦撸啊。

努力戰鬥的未婚妻 NO.3，卻總是打注定輸的仗。年輕時談了好幾次沒有結果的戀愛，奇形怪狀的男人都交往過，幾乎訪遍十二星座宮位，卻經常在一段關係裡覺得自己過分渺小，是隨時能被取代的微弱存在。現實是心理投影的顯像，在她的世界裡，果真所有愛情遊戲都是兩人三腳，而她永遠是在終點前拐到的那一腳。說到底，她愛上的都是衛生棉條情人，流線型談話，侵入式眼神，自信而堅挺，強烈占有欲，務必鑽入你最私密的皺褶，無縫貼合。允許他涉入得更深以後，才發現堅硬的身體也有異常柔軟的芯，多麼迷人的反差啊，直到他在體內萎頓成一朵腥臭腐敗的玫瑰花，才發現人造纖維愛情也能致命。

故事結局你們大概都猜想得到，未婚妻 NO.3 離終點只差那最後一哩路，這次陪她跨欄的則是衛生棉情人，俗稱靠得住男孩。這時候她才明瞭，漫漫黑夜需要加長型守護，再多憂苦也有立體防漏側邊圍堵，即使走不進你的內裡，光是被溫柔呵護的純白體驗，胯下卡卡似乎也都暫時耐得過去。她不能說不愛靠得住男孩，只是離愛也總差那最後一哩路，愛人與被愛的不等式實在老梗得可以，可誰說生活不是一齣俗爛悲喜劇？關於婚姻，未婚妻 NO.3 想的仍舊不是終點後的世界，她只知道在這場遊戲裡，規則終於能由自己訂，做自己，真的好自在。

守靈夜結束前，I 高舉一片看似無奇的衛生棉，經過孕婦加持，已經成為獨一無二的好孕棉。好孕棉本身就是一則神祕傳說，前人的犧牲，讓它吸飽了所有對傳宗接代的想像和期待，因而法力無邊。最好是像護身符一樣日日揣在身上，你會生出強大意志力，篤信世上所有偶然與巧合都將與你無關，那不就是信仰最純潔而美好的質地嗎？I 握著好孕棉，向空中一拋，臉上閃現聖壇上獻祭者的光輝：你們來吧，吃我的身體飲我的血。沒想到未婚妻們紛紛驚呼走避，最後落在未婚妻 NO.3 的手中，她獃愣了幾秒後，突然發現自己又有新的遊戲與目標，立刻齜牙露出鬥牛犬的表情，戰鬥力瞬間滿點。至於，新的終點後會是什麼樣的世界？都告訴你不重要了嘛。

故事說到這裡，曙光一點一點被天空給了出來，I起身，頷首，示意大夥輪流將耳朵靠在她肚皮上傾聽。兩個月的生命還是深海魚，音波穿不透混沌的海面，我們在岸邊實在聽不出動靜，卻還是裝模作樣伏住肚皮，誰也不敢率先抬頭發問，表情莊嚴得好像正在領受先知的旨意。

仔細想想，這其實是I腹中還未成形的嬰孩，在變身為擁有軟嫩臉頰與滿身奶香的神祕生物，並且成功殖民成人世界之前，對我們這幾個傻瓜人妻首次展開的隔空霸凌吧。畢竟青春無敵啊。

仙女戀愛保健術

燈光亮。

場景是現代化的嶄新診間。一白袍中年鬍男急急拉開布簾，整張臉往裡探。忽然愣住，想起什麼似的，又退回布簾外，大喊：「淑美！」十秒鐘後，一白衣婦人面無表情走進布簾內。中年男子隨後粗魯地扯開布簾，大步跨進來，兩人湊在光溜溜的大腿旁交頭接耳。

淑美：腿張開。

白袍鬍男：請把腿張開！

淑美：小姐，不好意思，大腿不要夾那麼緊。放鬆再放鬆！

白袍鬍男：唉，你怎麼都聽不懂呢？好，那我直接進來了。

燈暗，聚光燈亮，主角躺在診療椅上，兩手互相搓揉，看起來很緊張。

不知道是這幾個月的第幾次了，我躺在這裡，盡可能把腿敞到最廣的角度。兩腿間，一道本來抿得緊緊的嘴巴就微微咧開笑著。

「いらっしゃいませ！」嘴巴鬆開大喊。就像推開木門掀開布簾，看到立在料理檯後的日本料理店老闆，精氣神充滿，好像並不害怕與團團圍在腿邊的目光對視。

我不知道陰道如果會說話，她是不是真能勇者無懼。可我其實怕死了，怕到就算練習了無數次，一躺上去，勉力張開腿，那緊繃程度，也像是髖骨焊死，一轉動就嘰嘰嘎嘎走了音，總是不能一次唱到位。

最初幾次，醫生還得拽住我的膝蓋，刷一聲，奮力掰開，簡直像幫牛接生，手腳齊上。

人說使盡九牛二虎之力是太俗常的用語，寫作的時候如果要拿它來形容一種艱困的人生風景，都還得再三思量：「難道沒有更創新的說法了嗎？」不過，頭幾次看婦產科的不堪，躺在那冰冷的診療椅上，空穴來風的時候，也確實只想得出這種成詞套語來重建創傷場景。醫生埋著頭費他的九牛之力往深處探勘，而我心底不可抑制的恥感則虎虎生風，一隻沒有耳朵一隻沒有尾巴，就像哪裡破損了壞掉了，只能輕輕唱兒歌來嘲弄自己：「真奇怪啊真奇怪。」

那麼真正使我害怕的是什麼呢？來了這麼多次，幾乎每月一次報到，我當然知道進了診間該做什麼，程序其實都內建在身體裡了。褪下內褲，折疊好塞進口袋，切記不要隨手放在旁邊的櫃子上，否則給人見了發黃的褲底那多尷尬。接著，把裙子麻花一樣扭往腰腹之際，側身坐上診療椅，以臀尖為圓心，一個掃堂腿旋風歸位，兩腿叉開，各自擱在躺椅旁的鐵架上，然後靜靜等待。執行上述步驟時，任何扭捏都是作態，對待疾病務必理性多於情緒，至少醫療科學是這樣教育我們的。所以，無論本來多情緒化，內心玻璃劇場演的一幕幕都是劃時代大悲劇。但只要進入素白的診間，看見鐵盤上方正規矩排在一起的器械，還是得告誡自己，穩住，維持病患的專業，表情最好有如躺在慈湖萬世千秋給人謁陵的蔣總統那般肅穆。

所以，我怕的是自己控制不住的真心，一個閃神，就叫出聲來。

啊啊啊啊，那裡不行！

婦產科診間是這樣的場所：嚴禁喧譁嬉鬧，嚴禁七情六欲，嚴禁用狀聲詞表述疼痛、焦慮、愉悅、收縮或者舒張。這般肅穆倒也不是明定的規矩，而是約定俗成的默契。否則，你想想，捂著嘴坐上家醫科的旋轉椅問診時，怎麼都不必掩藏自己這些時日體液橫流的悲情，最好當場從肺部深處咳一個慘字，以竄出的鼻涕明志，讓眼前乾乾淨淨的醫生一起變髒。或者，同樣被放倒在診療椅上，場景換成復健科，鄰床牽引脊柱的叔嬸們總不吝嗇交換病況，唉我腰背痠啊心裡苦啊脖子僵啊，佐以各種淺斟低唱的呻吟。復健師溫柔笑著翻轉拗折他們的身體，好像知道那一聲一聲，說的其實全都是寂寞。

一個人躺在潔白的婦產科診間裡，兩腿掛在支架上，我經常害怕，偶爾也會疼痛。想叫出聲來，想喊輕點不要那裡，可是不要就是要，所有希望醫生感同身受的呻吟都不合時宜，還可能不小心把痛演繹成爽。眼神微微往下望，總是那塊布橫在腰間，楚河漢界，下半身沒有話語權。「いらっしゃいませ！」她喊，歡迎光臨！身為一個容器，所有放進來的，都要接納。

頭頂白燈敞亮。

白袍中年鬍男坐在椅子上，手持銀亮鴨嘴器，迅速刺入主角兩腿之間的孔洞。撐開鴨嘴，呱呱呱，旋即以棉花棒戳入，喇一喇，採樣完成。白袍中年鬍男眉頭一皺，發現案情，實在，太過單純，表情立刻收整起來，慎重其事宣布。

白袍鬍男：你發霉了。

主角：發霉？難道是過了最佳賞味期限了嗎？（呵呵呵呵乾笑）

白袍鬍男與淑美沒有笑。

白袍鬍男：這沒什麼，在台灣很常見，就是太濕了。

主角：太濕……

白袍鬍男：對。冒昧請問，你是做什麼的？

主角：我……寫作……（聲音漸小）

燈光暗，聚光燈亮。主角獨白。

小腿掛在診療椅前方豎起來的鐵架上，等待醫生走進來洗手做羹湯的期間，經常百無聊賴，適合多作他想。為什麼老是癢進深處無怨尤呢？搬上台北以後，夏日裡，把自己埋在頂樓加蓋小套房寫作。鐵皮罩頂，攝氏四十度，我是剛出爐的小籠湯包，火候恰到好處的時候，寫濕了一條內褲，就乾脆脫了甩開，裸身窩在房東給的布椅子上，慢慢地蒸，蒸出一地湯汁。是那時候就發霉了嗎？

也不是沒聽過寫作的職業傷害，得交付身體向寫作之神去換。於是村上春樹他日日跑步，鍛鍊身體，維持撐起長篇小說的核心肌群。有人寫到頸椎長骨刺，有人寫到椎間盤突出，有人寫到近視又乾眼，有人寫到自律神經失調。多寫一個字就是耗掉自己一點，關於寫作，更多是犧牲作家的幸福快樂，這些詛咒我都聽過，可為了寫得更靠近神一些，鰥寡孤獨有什麼？都拿去吧，也有人這樣發願。況且，傷了腰椎毀了視力，往往還能是成為大藝術家的履歷。遺失聽力的貝多芬，獻出新作《第九號交響曲》後，全場歡聲雷動，他只是低著頭背對觀眾，久久未發現整個世界都已經轉向他。於是，這傳奇的一幕可以永遠地被剪裁下來，在文字裡，在影像裡，一遍又一遍地回放。

啊，此刻又搔癢了起來，謹慎地扭動了一下屁股。沒人告訴我，如果用發霉的陰道去交易，這無法與人分享的病，能替我換回什麼呢？嘻嘻嘻，好像還可以聽見腿間唇縫噓逼出的笑聲，那種缺牙漏風了還勉強作態的笑。尷尬的時候，害怕的時候，我總喜歡笑。與痛苦相較，快樂通常是一種看起來淺薄，引不起人深究考掘的情緒，而刻痕最深的傷痛，於他人而言卻又經常只能逼近，無法抵達。所以，如果看見地獄的話便自己去吧，如果要被鬼追，何苦拖人下水。

套上褲子吧！好像聽到淑美開口。一個人立在布簾內，握著內褲，怎麼那麼想笑呢，於是笑出聲來，哈哈哈，竟然像一片吐司一樣發霉了，哈哈哈地跨出診間，到隔壁藥局領藥，藥劑師彷彿已經認得我，攀談幾句。那時候，在陌生的城市裡，我才突然感到好多好多的寂寞。

時間：一年後。

場景：狹小老舊的診間。

燈亮。戴眼鏡、穿白袍奶奶正坐在主角腿間，緩緩推入鴨嘴器，撐開前，溫柔告訴主角，要撐開了喔，輕輕安慰她，主角才慢慢放鬆下來。用棉棒採樣分泌物後，擱在玻片上，白袍奶奶拉開布簾離開，把眼睛靠上顯微鏡仔細觀看。

主角：不好意思，應該是又發霉了。這半年反覆發作，吃了藥啊保健食品啊，也總是沒辦法全好。

白袍奶奶靜靜透過顯微鏡看玻片，調整了一會，才終於轉頭望向主角。

白袍奶奶：有另一半嗎？

主角：我寫作。啊……剛剛是問另一半嗎？那個，最近有了。

主角低下頭，回答得有點尷尬。

白袍奶奶：這是滴蟲害的。請你另一半也趕快去檢查，否則就算治好了你，過半個月又會回來找我了。

主角：滴蟲是不是坐久了太悶熱，才會感染的病啊？

白袍奶奶：怎麼說呢，算是接觸性感染吧。這是一種，男生就算得了，也不會有感覺的病。很不公平對吧？其實很多婦女病都是這樣的。

燈光暗，聚光燈亮。主角站在街角，準備往遠方巷底的藥局領藥，又彷彿想起了什麼，定定站著。

原來，一直以來都錯怪了寫作嗎？曾經以為就算壯烈犧牲了也難以對誰開口，那麼孤獨的病徵，竟然是與人共享而來的。一個人的悲傷是黴菌，兩個人的寂寞是滴蟲；僅女性有感的這種病啊，雖然因親密而獲得，總得先相濡以沫，但那些疼痛、燒灼，與難耐的搔癢，仍舊只能描述，無法分享。因為細細去描述而同情共感，是寫作的騙術。如果人生不如一行波特萊爾，那麼關於努力著互為主體的愛的種種，也不過是顯微鏡下的，一滴分泌物。

想著夏日裡一個人在頂樓加蓋寫作的時日，想著秋日裡在頂樓加蓋試著把愛人放入寫作，越愛越寫還是越寫越愛終於變成先有雞還是先有蛋問題的時日。那當然也包括，多希望誰把誰寫壞了就能把他殺死，卻在真實的爭吵中永遠只能敗陣下來的時日。其實更多時候，僅僅是寫不出刻痕太深的傷，於是兩腿緊閉，大笑大叫，就怕袒露了自己。

離開前，我又折返診間，實在不想復發，苦苦向醫生問來了保養之道。我該多吃蔬菜？早早睡覺？放棄寫作？還是川燙內褲以便斬草除根？坐在大桌子後寫字的醫生，抬頭，露出了一個母親才有的表情，想了一想，意味深長地說：

「善待自己。好好生活。乾乾淨淨。我祝你幸福健康。」

燈暗。劇終。

假屌與牙垢

逐漸往深夜靠攏的聚會裡，不知道為什麼，大概是酒已經空了第六瓶，晚餐還在肚子底部，血液都忙著到胃部加班，腦袋鬆弛地空出一整塊廣場，正是對彼此投直球也不至於瘀青的最好時機。所以，冷不防地，粒粒從包包裡拿出一根超長假屌，啪答一聲甩在桌上，像警匪片最慣見的恫嚇。不是槍，也不是錢，就是 literally 一根屌。雖然也會有人說，人生在世，這三者往往能找到類比性。

社交場合裡，什麼時候最適合從包包裡拿出一根超長假屌？

這事其實是人際的千古難題，世紀懸案，直到你親眼見證一根假屌活活潑潑地插入話題裡，否則光紙上談兵，是沒有人衡量得準的。這世界上關於一個人如何在人群中做一個人的道理，多的是課本裡課堂上以及爸爸媽媽沒教過的事。

歷史上，所有一個人在人群中會驚異於另一個人原來還能如此做一個人的認知大爆炸，總是必須靠幾個充滿創意，又無懼無畏的先鋒小孩，在各種場合不斷掏出假屌，持續地為我們頑固的腦袋捅出新邊界。那晚，粒粒就是這樣可敬的小孩。

總之，小小的客廳裡，並沒有誰因為那一根突如其來順著拋物線優雅甩過來，還略略彈跳，如清晨露珠墜下時微微扯動葉片產生無辜振幅的，黑色假屌，覺得被冒犯，驚奇，奔走，哭爹喊娘。沒有，眾人臉部都嚴絲合縫，維持著司空見慣的表情。好像從小在家人團聚的飯桌上，或者長大與客戶開會的談判桌上，有一根屌橫在那裡，是再平常不過的事。說實話，我的內在小孩在那一刻好像被一條女性主義的教鞭狠狠抽在臉上，驚慌得要命。我驚慌於我的驚慌，畢竟總是被人教訓一個女孩子家說話尺度要注意，別總是說那些髒髒的害羞的事。可我還越挫越勇簡直陰唇長在嘴巴上，這樣不吝於出一張嘴，勇於在各種場合作一根假屌，卻在眾人鎮定自若的神情中敗退下來，率先尷尬。忍不住暗暗唱起蔡健雅的情歌金曲：「屌沿著～～拋物線／離幸福～～總降落得差一點」。

說起來，屌跟幸福也常常被擺在同一個購物籃裡，在愛裡降落，卻經常差一點。

粒粒其實是帶著苦惱來的，她並沒有當一個先鋒小孩的抱負。

粒粒以在婆婆媽媽網購社團分享鑄鐵鍋菜瓜布的語法，抱怨這根網購的屌實在錯得離譜。尺寸與形狀根本罔顧台灣女人身體構造。她與老婆就像買 IKEA 書櫃回家組裝，滿頭大汗喬了老半天，卻發現廠商給錯螺絲起子，怎麼樣也蕾蒂卡卡，有夠氣惱。於是，決定今天帶來聚會，有緣千里一線牽，樂捐給真心不騙有緣人。

美男子馬與可愛男友柏甜蜜對視後，馬豪氣干雲，不由分說一把抓起黑屌，萬分熟練地握住根部，豎起，好端端變出一支專業麥克風，對著頭部就徐徐抖起音來：「我走過青春／我失落年少／如今我又再回到／思念的地方」，歌聲幽怨婉轉。

不知怎麼，馬握著一根假屌開天闢地吟唱出來的第一首歌謠，不是迪迪不要停，而是那麼抒情的〈台北的天空〉。

大約我與馬都來自東部，北漂的生活上，他是我的學姊。因此他看起來那樣放蕩忘我，以屌代麥去唱青春已逝的傷懷，去唱家不成家的倦怠，我按著肚子笑著，卻笑到眼角有淚。

在迷幻到色情不起來的場景裡，馬與屌的和音，構成了我們記憶裡最深的疲倦。或許在最初，誰都能張開自己的全部去迎納戳刺，當人一無所知的時候，張開並不是一件太難的事。直到被所有太大的，太短的，太彎的，有異味的，帶菌的，擅自闖入的，或者純粹就是太自私的屌們，一一通過以後，滲血，糜爛，潰瘍，就學會在張開自己時掩住惡臭的傷口，去表演最淺的張開。這是時光給異鄉人活得較為從容的禮物。而異鄉人必須在時光裡勤加練習回家的姿態。即使知道回去了，家也不再是家。

蔡健雅的那首情歌金曲不是這樣唱的嗎？「流著血～～心跳卻不曾被心痛削滅」。

誰會想到一根假屌能打開蟲洞，折疊時間呢？

像美國校園喜劇片，姊妹會裡一群金髮華服女大生娉婷圍坐著，傳遞撒滿金粉，緞帶包裹，意圖以黑暗祕密團結起姊妹戰線，而被命名為「信任棒」的道具。那一根屌被慎重地傳遞在我們之間，姊妹們一屌在手，莫名抒情起來，紛紛從回憶裡刨出愛與性中不斷挫敗的故事。其實都事關買錯尺寸的屌，而年輕的她／他們，總習於勉強撕開自己去盛裝。

也可以退換貨的，吧。有時候錯的並不是太大或太小的身體，即使購買須知上可能標註過退貨辦法，可那必須是網購了好多次，讓自己身體撐得太大或者縮得太小，流過血，才會得出的簡單道理。

或事關衛生無法退貨，如假屌沒有鑑賞期。那麼，多年以後，曾經苦惱的女人（或男人），也許會慷慨地在某一次聚會中啪嗒一聲甩在桌上，樂捐，給適合的孔洞，再無懸念。

信任棒傳到我手裡，聚會裡唯一結婚的異性戀女性，我該說些什麼報予這些傾囊相授的姊妹呢？（literally 傾囊，不可能再有更驚人的東西從包包掏出來了。）

說起婚姻，或許如同假屌，使用過了，就不只是個人體感問題，事關公共衛生，退換貨不一定隨心由己。一開始大家都還有抱怨的熱忱，積極握著電話客訴，協商，爭取，不是屌死就是我活。久了，對著無人回應的客服，也就習慣用嘟嘟聲來伴奏，唱一些也許憂傷或許快樂的歌，誰死誰活有什麼要緊呢？也就像美麗的馬一樣吧，握著屌順著節奏，把青春唱完。

最後，我只剩一件無關又無聊的小事可貢獻。握著負責刨開暗黑祕密的屌，我想起，對我來說，現在最難也最簡單的，應該只是吃牙垢了。

「吃我的牙垢。」關係波幅往下探的時候，他會搜搜刮刮一坨牙垢，揉成一顆精緻的小球，遞過來，試探，像美食街剛剛應聘上的推銷員，有一種害怕被拒絕，因而謹慎的熱情。關係向上彈跳時，他也會問，吃我的牙垢嗎？又像老練的賣場推銷員，聲音裡滿是喜慶，卻因為篤定而不急於張揚。牙垢的味道多微妙，明明自己也日日產出，味蕾卻對它們無知無覺，直到你愛的人懷揣著寂寞的心要你嚐。然後你會嚐出他身體的歷史。一點咖啡，一點咖哩，一點肝火，都是他起居作息的祕密。我作嘔，但仍一次又一次張開嘴，像徘徊在賣場試吃卻總是未下手購買的奧客，始終懷著隱密的愧疚與貪生趨前。

如果婚姻就只是吃牙垢，沒有買錯尺寸的假屌，沒有太大太小的身體。偶爾反轉角色，給予的人都是心懷罪咎的惡霸，受到餽贈的都像在拚死犧牲，那倒也是一筆容易的交易。

因為在一次又一次的表演練習中我畢竟知道，他會在最後一刻停下手，而我會遞出早就準備好的衛生紙，然後我們和好。

姊妹們目瞪口呆，陷入長久的尷尬。原來夜再深，其實也並沒有適合從關係裡掏出牙垢的時刻呀。

美男子馬抄起那根假屌，狠狠往我頭上敲下去。

說不定，那就是它最好的用處了。

溫泉浴場

小粒去過那家開在街角的中醫診所之後，突然像一個過分忠誠，孩子剛開始經營 YouTube 頻道還乏人問津的母親，逢人就道楊醫師多精彩楊醫師多好。她終於讓我好好睡過一整夜，小粒的臉如嬰兒發亮。於是我也按讚訂閱加分享，湊了一同看診的熱鬧。

城南老社區同一條小街上，約莫高齡人口多，不到五百公尺就有三家中醫診所。剛搬來頭幾個月一度使我苦惱。這幾年身體零件逐一鬆脫，才慢慢知道痛的時候會特別感覺人生地不熟。與能讀懂潛伏皮下脈象的中醫師建立親密關係，完全有賴機運，或者人品。

小粒北上且住進城南已經好幾年，朋友多，人品好。這間中醫診所的神奇之處小粒是聽朋友說的。朋友A常熬夜，白日昏沉氣虛，月經一來痛不欲生，偶然經過診所，進去碰碰運氣。第一次坐上診療椅，楊醫師徐徐把脈，又稍稍撥開她的下眼瞼仔細觀察，沉吟一會說：「孩子拿掉那麼多次都還沒有好好補過對吧。」據說A是哭著走出診所，想起過去許多痛而未察的時刻，在門口安靜站了一陣。

為什麼A的疼痛意識遲到這麼久才追上身體呢？瑪莉娜．阿布拉莫維奇在自傳裡寫過她與戰爭英雄母親相處的種種挫敗。母親拔牙堅持不打麻醉，因為真正的共產黨人有「穿牆」的意志。戰爭英雄忍受痛苦，從不讓人聽到她尖叫。有忍受痛楚意志的人或許是真正痛苦的專家。因為時時刻刻意識到身體就在那裡來回穿牆，就算咬牙不叫出聲，也如此響亮，像一種宣言，親密的人都能聽到一聲又一聲痛啊痛啊。在強而有力的穿牆宣言面前，恐怕誰都要不好意思痛，所有苦都要退讓。

今年冬天特別悽苦，我去溫泉浴場泡湯。有些泡湯客還沒踏進浴池，就在更衣室裸開身體走動，談天，甚至大無畏拿起吹風機，撇開腿就是一頓空穴來風。她們的自在經常吸引我。我默默學習，觀察身旁女人們選擇先卸下褲子還是上衣，只是一旦盤算起有待發育的乳房與發育過盛的臀部哪一個比較適合見人，就只想把自己折進儲物櫃。兩千年代的女校經驗沒有教我怎麼把身體擺進女性裡。除了像女孩一樣丟球，我們那一代女校生也學會像女孩一樣更衣，體育課前所有人在教室把短褲拉進百褶裙，迅速脫下裙子，不在野外什麼也都不必露出，馬上就是一個活活潑潑堂堂正正的好運動家。

米亞有一次郵購了日本最新乳暈漂白霜，郵購目錄上主打粉紅櫻花妹都愛用。兩個月後包裹寄到我家，米亞說因為我媽比較開放。隔天上學夾帶漂白霜，我們相約下課十分鐘在廁所角落交易。為了報答我媽的開放與我的情義，米亞提議不如我們一起粉紅起來吧。說明書上說，均勻塗抹後，需要十分鐘讓藥劑滲透。我們擠在同一間廁所，裸著身，背對背，祈禱在上課鐘響前成為櫻花妹。我應該想過要問米亞是為了誰漂白自己呢？但記得最後我只僵直著背用氣音問了：「現在變成鮮紅色是正常的嗎？」

學者陳明莉做過女性大眾溫泉浴田野調查，她說裸湯的世界是一個比日常穿衣更嚴苛的身體監視系統。身體階序低，無法悅納己身的女人首先會把自己過濾掉。選擇裸湯的女人則必須漠視身材差異，發展一套「女人都一樣」的身體論述。我允許自己進場後才學習悅納己身，但還需要把臉埋進儲物櫃才能褪下褲子。

扭捏與坦蕩之間，有一次一起泡湯的朋友對著我的屁股喊：「沒想到你長成這個樣子。」她沒有漠視我屁股的獨特性，深深看見時間，紋路，下墜，與皺褶。如果在穿著衣服的情境，我們可以就關係裡的新發現長長地談話，然後或許會更親近。不過，彼時我的臉還埋在儲物櫃裡，嚴肅思考斷交的可能性。

裸開紋路，下墜，與皺褶的屁股趴上診療床，讓第一次看診的楊醫師替我扎針。在這裡身體階序與美醜無關，病體化的屁股使我裸得毫無羞恥，沒有懸念。我咬牙，但不穿牆，只想要疼痛停止。她把針轉進幾年前被車撞過的左臀，長年因寫作久坐摧枯拉朽的尾骨，每個月準時先於經血一週到來的下腰痠痛，早前穿高跟鞋穿歪的骨盆，所有痛的歷史，都準確被針尖指出，比我還要明白。我忽然有些懂其實素未謀面的A，在門口安靜站一陣的心。

浴場的牆慢慢裂開，泡在湯裡的有些女人不忍了，噓出舒暢的呻吟。旺季的大眾浴場很容易煮成一大鍋蛤蜊湯，所有在更衣室裡把頭存進儲物櫃的女人們，身體都在熱氣裡把殼舒張開來，露出多汁的部分。

前衛藝術家卡羅里．施妮曼（Carolee Schneemann），一九七五年在紐約東漢普頓教堂展示作品《內在卷軸》（Interior Scroll）。她的身體即作品。教堂內有一張桌子，施妮曼站在上面褪下床單、圍裙，在裸裎的身上潑灑顏料，一邊擺換人體模特兒的姿勢，一邊閱讀書本，念出自己的作品《塞尚——她是一位偉大的畫家》（*Cezanne: She was a Great Painter*）。接著，她用手指深入陰道，拉出八毫米底片捲成的卷軸，一邊拉，一邊朗誦卷軸上的字。藝評家在文章中稱讚施妮曼公開展演肉體禁忌，以主張女性自主權。但是，泡在溫泉裡，感覺因年紀與壓力，逐漸乾燥、剝落，且更頻繁地因感染而毛躁的內在卷軸，終於緩慢滾動起來時，想起施妮曼的藝術，與那一條從內裡扯出來的迷你卷軸如何搔刮乾燥的內壁，讀出來的未免都是疼痛。

這是溫泉浴場裡一個疲憊女人的過度詮釋。

遠方剛剛用激流水柱沖刷背脊的女人走近，一顆煮得正鮮的蛤蜊，泡進我身旁的小空隙。好一陣子後她靠得更近，壓低聲音，輕輕問，你的胸部還好嗎？對於這種超乎常態溫泉「我們都一樣」身體論述的唐突舉動，女人把手指按在自己被移除右乳上，作為一行簡潔的解釋。原來她說的仍是我們都一樣。浴池裡沒有儲物櫃，所以我也不知道要去哪裡把夏天時為了確認不是惡性細胞病變，手術留下的迷你疤痕存放起來。女人穿牆而來，我離開。

楊醫師下了最後一根針，鑽進尾骨痠痛至極處，作為刺點。簾子外，隔壁診療床傳來少年慵懶的聲音，好累喔，他含在嘴裡像撒嬌。楊醫師突然有點抱歉，說這是她念大學的兒子，難得放假回來沒時間相處，讀書太努力了，讓他在診所床上睡一下。我的臉埋在毛巾中，屁股裸在疼痛裡，聽見楊醫師的拖鞋刷刷刷走遠。

Book 3 夜路／

猛鬼旅行團

蜜月骨頭

如今，我的蜜月旅行記憶裡塞滿了死人骨頭。

忘記從哪聽來一種說法，婚後第一次旅行，等同日後關係成立與否的關鍵，兩個人如何在他媽的我對那裡完全沒興趣耶，與老天爺啊你竟然會對這裡有興趣喔，如此這般的髖骨錯位中，協調出尚能勉強行走的姿勢。還是得在行前縝密地構思外交辭令，且沿途不懈地建造美妙但最好空洞的願景工程。所以說，蜜月旅行累人，多半消耗在情緒勞動。

婚姻是政治的。性是政治的。而蜜月是婚姻的起頭，兩人性致尚且盎然的時候，那自然是非常政治的。

你想想，旅程不就是建立在財政管理，人事任用，政策擬定嗎？而最後使關節能對上位且運作順暢的必要條件，則有賴桌上協調磋商，桌下交換利益。為此，越早明白你渴望擁有的能夠用什麼資本去換取，旅程就越平安。

因而蜜月並不總是塗滿蜜汁。就算是自由戀愛，當然也是建立在各種條件啊，只是有愛的時候，大腦忙著分泌多巴胺、苯乙胺、腦內啡麻醉知覺，讓你以為自己並沒有在進行交易與換取。

我是這樣理解我的蜜月的嗎？老實說，意識到親密感裡的對價關係是容易的，但要分分鐘去運算親密感成立的公式，那多數的關係大概就火速消亡了；算計到後來，還可能把對世界的信任感全賠進去。是呀，如果不能懷揣著旅伴將與自己同甘共苦的信念，那這段路該走得多孤絕。所以，更多時候，在東歐的石板街旁，看著陽光自帶濾鏡包圍住與身邊我同行的這個人，我還願意去假想，至今我們仍充滿善意地包容彼此，還沒有在布拉格的暗巷裡把對方掐死，都是因為心裡尚有一份沉甸甸的，無可名狀的，無可言說的，愛。

只是，我也明白，空口喊著愛多美好，愛最大，有時候不是因為還擁有羅曼蒂克之心，是因為這樣活比較容易。

於是，這趟蜜月裡我以愛之名拖著可憐的旅伴去探了好幾個歐洲老墓地，說服自己對方還能忍耐，那便是因為愛。我們在陰雨天裡的布拉格古猶太墓園踩上層層疊疊的十萬猶太骨骸。我們在奧地利小鎮低頭鑽過葬送過許多採礦人的老礦坑道。最後，在旅程近於尾聲的傍晚，來到小鎮偎在山腰上的一塊墓地，規模雖然十分迷你，但重頭戲在一間小小的人骨屋，只要跟管理員打聲招呼，就可以入內與緊靠石壁排兵布陣的骨頭面對面相處一陣子。

那日，參觀者不多，人骨屋裡只有把兒子扛在肩上彷彿誤入歧途的金髮爸爸，一進門就露出被重擊的表情，慌忙退出。最後，整間屋子，就剩下我與旅伴，還有分門別類，排列整齊，堆疊至天花板的骨頭們。頭骨靠頭骨，腿骨卡腿骨，肋骨則拆散了以別緻的建築工法砌出結構井然的骨頭牆。每一顆頭骨的主人，都曾是這個古老小鎮的居民，生於此，骨骸更要風乾於斯。且石屋太小，而歷來死於此處的居民太多，以至於骨滿為患，後來死的人還得在生前遞交申請書才有可能入住。因為每一顆頭骨與這座礦山皆有著生死契約，所以原本蒼白的額前以家族為單位，被送葬人溫柔地彩繪上了圖騰與姓名。於是，失去皮肉就失去個性的人骨，有了時間，有了故事，也有了人物關係。參觀者能隱約找出誰生前是朋友，是夫妻，是叔伯阿姨，也有可能是無緣的戀人，死後還遙遙隔著幾顆頭的距離。

那是羅曼蒂克之心了。我忍不住念出頭骨上的名字，馬哈切克先生，瑪格達勒娜女士。每念一個名字，就莫名與這個小鎮生出了前世今生的親密感，每念一個名字，就覺得這個小鎮死去的居民正跨越時間徐徐回應我。終於，在夕陽落山踏出石室以後，我突然被一陣巨大的、海浪般的暈眩感，洶湧攫住了。然後，有一個粗啞的男聲在我耳邊，溫柔念出我的名字，就像與我早已熟稔。NA，他親密地喊。

媽呀，明明四下無人，到底是誰以我的名字呼喚我？我驚恐到幾乎不能站立，身旁旅伴一臉迷茫，雖然不明就裡，但仍當機立斷，拽著我往旁邊教堂奔去，在祭壇前買了兩根白蠟燭，慎重將它們點燃。「快跪下！」旅伴命令，他安慰我，只要誠心祈福，等蠟燭燒完了，什麼邪靈厄運都會被驅離啦。

趕緊低頭祈禱驅邪後，抬眼，夕陽從教堂的彩色玻璃穿進來，包住旅伴的側臉，他仍閉著眼睛喃喃叨念著什麼，看起來比我還虔誠。

你在求什麼啊？被鬼跟的不是我嗎？

「喔，沒有啊，就是告訴馬哈切克先生我的名字而已。」至少他們現在知道我們是一起的，旅伴拍拍膝蓋站起來，滿不在乎地說。

所以，你問我這一生中旅行最美的時刻是什麼？我想，是在那一刻，在小小的教堂裡，看著旅伴起身的側影，我突然能夠相信自己是被無條件愛著的。

誠實內褲

回到飯店，內褲已經洗淨疊好，方正和平，稜角分明，水白如賣相極佳的豆腐。還有一雙改頭換面的襪子，捲得紮紮實實，小蘑菇一般安靜種在內褲邊上。

哭爸喔，這內褲與襪子在出門前，分明還是前一晚我倆褪了就即席揮灑在浴缸的織物。畢竟白日與男子偷在烈陽下行走了六小時幾近脫水，好不容易回飯店了哪還有精神洗呢？沐浴後思量著出門在外不如就饒過自己，別急著端出平素那種母儀萬千的照護者光輝。其實每一次洗刷男子偷內褲時皆暗想，為什麼不能就任它髒呢？也不止一次他說別麻煩了就丟進洗衣機吧。「怎麼可以！洗衣機裡有多少細菌你知道嗎？」嘮叨完搓洗得更加賣力。與其說我真的在意細菌，不如說這種得自潔癖媽媽的生活小常識，是這段關係裡我唯一在行的表演。即便兒時被迫著練習洗自己的內褲時，多恨啊，「長大以後一定要用洗衣機洗內褲！」也曾任性地發過這樣的願，多想擁有洗衣機的主權，如今卻日復一日地堅持手工作業。

雖然人人都說旅行是最佳試愛劑，婚前遠遊堪比婚姻懶人包，二十四小時緊密相處，鬥智鬥勇，包準底牌全掀。不過，旅遊到第四天，那已經不是手中有什麼牌，能怎麼出的問題，而是心神全在途中耗盡，連牌桌都懶得上只想一地撒啊。

不過，此刻看來，擺爛似乎無妨，維持關係的苦差事，飯店竟然也能代勞。

走近床邊，定睛一瞧，不對！床上洗淨疊妥的內褲，怎麼只有那一條？

慌忙跑進浴室，急急探頭，我的內褲還孤苦伶仃地攤在浴缸底，與前夜無異，只是吸飽了髒水，看起來多像失戀女子在雨中痛哭的臉，悽慘非常。

如果旅行是最佳試愛劑，縮短了認識婚姻的路程。那麼，關於我們關係的真相會是什麼呢？

走出浴室，正想抱怨，卻撞見男子偷正靦腆地收起內褲，露出了高中男孩第一次拿到情書，極其珍惜的表情。

喪禮上的紅衣女

「伊是誰人啊？」

「夭壽喔，穿甲紅吱吱，實在誠失禮！」

我理一理因不斷隨著司儀指令站立又坐下而皺起的豔紅色裙襬，把屁股再往折疊椅前沿滑動一些。即使如此，仍不免感到身後那些既像疑問又像評價的碎語齧住皮膚，窸窸窣窣爬上背脊。

其實呢，不怪他們，在這樣莊嚴肅穆的場合裡，著什麼衣物即說明你與往生者的關係，是親是疏是遠是近，凡對靈魂心存敬意，就知道把自己的顏色調成極深或者極淺。畢竟，對著喪親之人悲哭的臉，我們總要他們節哀順變，沒有什麼恰當的成詞套語能夠迅速撫慰倖存者，由此可知，在人前表現哀戚，是不能過分張揚的。不過，說起來，憑弔逝者的何宜裝扮，也只有約定俗成的黑與白兩種選項。選擇黑服要更多，那似乎也無關親疏遠近，或者是否真有敬意。從衣櫃裡選出一件適合喪禮的衣服，就像以身體致悼詞。誰來致悼詞當然關乎親疏遠近，不是人人都有往生者的生命故事可記憶可言說，或即便有一肚子感懷要與逝者說，也不是人人都有耐心聽。畢竟，喪禮的用意是寬慰生者，而所謂儀式，乃基於多數活人能接受並共同遵守的方法步驟（或者要一遍又一遍操演到多數人接受為止），如此一來，清一色的黑，倒也一視同仁，省去爭著要表達哀慟的心思。

一種哀戚，共同表述。

所以，在一整片連臉色都調暗的黑潮帶中，我獨作一片紅通通的烏魚子，畢竟是太古怪了些，也難怪親族鄰舍們都要交頭接耳，對我暗中品評。雖然，一面寬慰自己，唉唷這人之常情啦，但也不免隱隱擔憂，會不會喪禮就是整個婚姻大戲的前導片了？全家就是你家，你家就是全家，關於你家到底是誰家的問題，人人都是家事達人，誰都有能力說上兩句。那就像用倒轉鍵看恐怖電影的惡趣味，結局一旦寫在前面，看人物一個個像宇宙垃圾一樣，被姑且稱為命運的神祕吸塵器吸走，唏哩呼嚕往後飛退。在現實人生中時光不能倒轉，決定不能重來的前提下，我可以盡情對著主角後縮的臉哈哈笑：「活該死好啊！」那麼，一場辦在婚禮前的喪禮，是否就真的把時間顛倒著過了？

現在，最重要的問題是，我是誰人？在這個暗色的喪禮上，紅衣，紅裙，紅大衣與紅色高跟鞋，低著臉坐在人群之間，像以吸食人類大悲之情為樂的厲鬼，苟留於陽間。

喪禮上撞鬼，倒也還符合常情。那可能是祂們的迎新酒會，自然是熱鬧滾滾。但在喜慶的婚禮遇鬼，其實並沒有想像中少見，且多半是女鬼。女鬼要更痴情，絕命於苦戀的女子往往死後不得超生，總得尋方設法再愛一回，盡了人事，才願聽天命。於是有了告誡男子路邊野花不要採路邊紅包不要撿的冥婚儀式，或者死過就知道要防患未然，乾脆先殺了那些花一般的少女，不忍她們為愛所苦，是前輩姊妹的溫馨餽贈。不過，還有一種鬼新娘更加勇猛，死後賴活人間，與男鬼結親，成鴛鴦大盜，殺盡擋路者，只為奔往墓地施展復活術。活著多痛苦，做鬼多逍遙，可為了愛，她要奪回身體，轟轟烈烈再活一次。

她叫蒂芬妮，鬼界明星恰吉的金髮尤物未婚妻。戒指套上手，名正言順後，人人稱她鬼娃新娘，像稱黑道老大的女人一樣充滿敬畏。

事實上，蒂芬妮不只是大哥背後的女人。她在九〇年代末，以《鬼娃新娘》成功拯救了已經連續釋出三版，老是以厲鬼附身娃娃殺人，幾乎快爛尾的鬼娃恰吉系列電影。要不是她橫空出世，恰吉在八〇年代創造的好萊塢冥界奇譚，恐怕要毀在一部比一部更乏善可陳的敘事套路上。若在我們的社會裡要尋找一個適合描述蒂芬妮身分的語彙，大概就叫幫夫運。

所謂幫夫運，那得是用一個女人的生命去換的。縱然你多伶俐能幹，放回以家為最小單位的社會關係裡，到頭來仍是人人口中那個幫助丈夫的女人。空有一身神力有何用？那得先有丈夫，才有你幫得上忙之處。於是，幫夫運的女人所配得的最大成就來自於，替那或許空乏得無話可說的丈夫寫一個新的故事，用自己的命運去創造去填補。幫夫運的女人要的是究極腹語術，把自己的話放進娃娃的嘴裡，讓他活出自己，如此矛盾，又順理成章。

蒂芬妮豐滿了恰吉的身世。原來恰吉成為鬼娃之前，他的社會人身分，是蒂芬妮未婚夫，惡名昭彰的連續殺人魔雷。當一個殺人魔被賦予了倫理關係，意識到他也是誰的孩子誰的丈夫，擁有脈絡後，就被人間化了，失去神性，甚至可被同情。然而，在殺人事業上，雷或許是呼風喚雨的藝術創作者。但是，在愛情關係中，他實在是一個無可同情的渣男。生死相隨的蒂芬妮為了復活未婚夫，費盡心思，殺人作法，一針一線縫出了面相醜怪的娃娃，讓雷暫有容器可附體。沒料到，還魂後的恰吉在醜玩偶裡住得不甚舒適，竟大言不慚表白，當初贈她的婚戒不過是從受害者身上竊來的紀念品。生前的愛情悲劇，死去活來也不會有喜劇結局。說到底，殺人魔不能愛人，他愛的只能是人作為可被殺的對象，與擁有生殺權使自己如造物主的概念。於是，蒂芬妮囚禁恰吉，恰吉趁隙殺死蒂芬妮，將魂魄附於金髮女偶，兩人才誘騙朋友上路，展開一場為復生而屠殺的公路旅行。

不過，《鬼娃新娘》經典之處還不在亡命天涯的砍殺之旅，而是旅途中，恰吉被蒂芬妮充滿裝置美的藝術謀殺布局感動，一股溫柔自肺腑湧上，於是誠心地獻出戒指，情定終生，以玩偶之身交合。那一刻，他對蒂芬妮的愛是絕對純粹，且充滿敬意的。他們共享嗜好，惺惺相惜，視對方的才能為珍寶，在殺人的謀篇布局裡，他們是創造天地的夥伴。在此，鬼娃新娘為九〇年代的觀眾示範了完美婚姻之種種可能性。只是，如果倒轉影片，我們會先看到蒂芬妮難產而死，看到她手持利刃戳向恰吉，看到他們在旅途中為了推託誰洗碗盤而棍棒齊飛。倒轉影片，結局寫在前面，我們終於可以對著蒂芬妮的臉大笑哈哈活該了。早告訴你啦，明明是禁地，你偏要去闖。於是，倒著看的《鬼娃新娘》，會是所有婚姻的真相嗎？明明在汽車旅館求婚的那一夜，所有相愛且共同生活的條件都水到渠成，要匯流出一片溫馨汪洋。究竟，是在哪一幕出錯了呢？

是愛讓鬼片不只是死而已。也是鬼片讓愛裡也有很多死。

喪禮還沒有結束。司儀的嘴仍開開合合，維持、整頓哀傷的節奏與秩序。陌生親友已經對一身紅衣的我失去興趣，交頭談論起另一對一進場就放聲哭號的年輕男女。看起來遮少年，不知影是誰人的囝仔喔。弄清楚關係，搞定輩分稱謂，那是大家族理解外來者的第一步，也是最重要的一步。這一步站穩了，那路就會在前方隱隱為你鋪開。

對於喪禮上的紅衣女，禮俗是這樣形容說明的：凡訂了親但尚未過門的準媳婦，遭逢夫家長輩過世，喜事未辦先有喪事，身分是萬分尷尬。雖然提了親後已有把外人當內人的約定，但畢竟沒滿街滿巷地敲打宣告，未受眾人見證祝福的婚姻，那就稱不上真實的婚姻。因此，為了讓時間療傷止痛，婚期得延後一年甚或三年舉辦，一個家族怎麼能在一年內先見證死亡的悲痛又要趕著見證新生的喜悅呢？但是，最迫切的問題不在一年或三年後，而是眼下，這身分尷尬的女人，能不能以媳婦的位置，正正當當站在隊伍前端送長輩一程？名正言順，當然是大家族在包納外人中釋出的關愛或關隘。於是，畢竟是由人類順著或逆著人情肌理而創造的禮俗，在此變造出了讓準新人暫且安身立命的規則。

紅衣新娘的習俗，使一隻腳已經跨入另一個家族，另一隻腳還留在原生家庭的女人，在未來的親族之間，總還有個地方能夠容身，有位子可坐下，有隊伍可站立。那是儀式會變形的原理，在眾多活人之間，即使無法讓所有人滿意，也要尋求最低限度的共識。於是，穿著紅衣紅裙的我，坐在烏壓壓的親族中，就是人類社會謀求共識的產物。絲襪的顏色畢竟也經過鄰居阿姨指導揀選，不要太黑，黑配紅太輕佻，中性的膚色最好，膚色是一個百搭、沒什麼大事可宣告的顏色。

不過，紅衣新娘畢竟只是權宜，一種不落人口實的宣告，沒法陪著送葬隊伍走到終點。車子駛出家門，就得回身，慢慢悠悠地繞屋子開兩圈。那是我旅程的起點與終點，既像脫隊又是入伍，坐在車內目送長長隊伍隱沒在陸橋後，夕陽在窗戶上抹開一片淡淡的顏色。在那一刻，彷彿還能夠只是觀望。

不知道為什麼，喪禮上穿著紅衣的我，總想起恰吉與蒂芬妮的公路旅行。在汽車旅館的床上，他讚嘆著蒂芬妮的謀殺藝術，以娃娃之身交纏，顛倒了生死。對於未來他們尚未絕望，那一晚，他們深愛彼此，既像開始，又是結束。

三年後，我還四界穿著當初那雙特意為喪禮添購的紅鞋走跳，買菜穿，開會穿，把憂悲與恐怖穿成一種百搭的日常。夜路裡，紅鞋領著我走出輕快的步伐，好像走過生死交關之處後，她就有了自己的意志，懂得爭取她應得的幸福。

娘味

奔進去的時候，十一樓小房間的機器前已經坐滿了女人。摩肩擦踵，把自己疊成剛好的形狀，收進大機器凹槽裡。

大機器們一如往常雄壯，一絲不苟排布在沒有招牌的逼仄教室裡，看起來像是進行一場不安好心的密謀。

領我入會的婆婆本日缺席，我得積極爭取入座。

我以為自己不會焦慮了，在這樣的場合。

小的時候，媽視我的溫吞寡言如病，決心矯治。她帶我參加各種演說訓練課，孟母三遷，千里尋醫。我想為她扮演一個被治癒的小孩，卻還是常因上台前突發性怯懦症而一敗塗地。一張嘴，只吐得出幾顆蒼白泡泡，活像壞掉的蛤蜊。

這種生靈塗炭的場面一多，媽可能也認命了。明白孩子訥於言，也許取名時就已注定。她只偶爾對著我徒勞地說，唉你就是太像我了。

那時我還不能明白她的意思。

前一晚，婆婆大約預料天氣冷我便懶，在電話中囑咐我把點數卡、紗布備齊。療程結束會口渴，保溫瓶要裝溫水帶去。人多，早點出門。

果然，九點的課人山人海，怕是沒位子了。半小時的治療，恰好嵌進婆媽們的晨間活動。她們把毛巾俐落塞進領口，肯定剛運動完，上市場前，就從四面八方湧入埋伏，哪容得下我等毫無紀律的新兵介入。

坐定的阿姨們早就雙雙對對貼臉交談，露出超常的親暱。但她們的親暱倒沒有一絲虛假與勉強，而是真有從肺腑長出的求知欲必須在此時此地緩解。

我尷尬蛇入教室，又感覺自己重新站回了說話課的台上。

走道旁突然探出一雙眼睛，狐獴之機警。她身旁座位是空的。

小姐緊來坐啦。我向她道謝，一將屁股放穩，茂密的求知欲立刻舔上來。「小姐，你佗位痛？」她用面試官的口氣確認。

婆婆領我來這裡，是掛心我胃弱與經前症候群，還有不好對人啟齒的萬年宿便。

總之腹部即女人的戰場。我雖大腹便便，卻沒有朝著別人的期待生長。子宮還沒養出新生命，大腸則孕育過多廢棄物。看了許多醫生，都搖頭說這就是女人普遍的病，說不清楚，事關體質。

事關體質，婆婆打聽到最近流行神奇的光波療法。見證者許阿姨帶回前線戰況：高端醫療儀器，掃蕩疑難雜症。更年期難搞症頭，天天去照光，半年緩解。婆婆說她和小舅媽都試過，好像身體確實輕盈。不管病能不能一次解決，反正前半年免費，多拉一個人入會再送一個月，就當身體保健，也沒有什麼損失。婆婆說。

說服我的，是被那些坐在診間說不清楚，大題小作的女人體質拖磨夠了呢？還是那麼久以後，我仍想扮演被治癒的小孩？我領了一捆紗布，空白的點數卡，成為全場唯一年輕會員。現在卡片已經蓋了三個章，再堅持五次，就能得到一罐導入光波的神奇萬用凝膠。

沒有一次來這裡不見人潮湧動，且全是上了年紀的女人。台灣女人那麼容易痛嗎？我講給外國友人聽，以為自己在複述某種小島奇觀。她笑，也不見得，可能女人都易痛吧。只是你們台灣女人大方，讓痛成為群聚現象，勇於與痛同謀。

痛也有性別嗎？

常見的說法是，女人比男人更耐痛。

許多女人，每月下腹痛得像被卡車撞翻，再倒車輾壓。不也都弓著身子坐臥如儀，努力讓日常不脫軌？

還有許多女人，推進產房，鄆輪駛過身體，渦輪引擎絞碎意志。歷劫歸來，惡露不歇，直呼此痛今生不可能再複製。但問她們究竟有多痛呢？末了，也都拈花微笑，一心開二指，直到再一次被推進產房。

女人把疼痛流成一條蜿蜒的河，不舍晝夜。河水潺潺滲入沙土，在月光下唱歌。水底有魚潛伏，有漩渦暗湧。天空壓下來，岸上開出豔紫的花。

可臨床實驗又告訴我們，從大腦神經分布與傳導來看，女人其實對痛更加敏感。也許疼痛原不是一道客觀的是非題，意志強弱也無關美德。只是女人被允許以申論作答，在日復一日痛的操演中，尚未被命名的一切，都要伸手去指。

天空壓下來，暗夜裡，每一朵花都發出豔紫的呻吟，在別人的痛裡和音。

「來，大家講一下哪裡不舒服？」所有人刷刷舉手。

我正天長地久地評估痛點，狐獴阿姨早已手起刀落，扯開紗布敷上，將導光貼片貼於脖子、肩膀、手腕、手肘、腰部、大腿、小腿與腳踝。在她無一處不疼痛，宏大的疾病地圖旁，我目眩神迷。勉強把貼片落在上腹，寥寥幾筆，感覺自己可笑又渺小。

「小姐你看起來遮少年，是佗位痛？」狐獴阿姨整裝待發，不忘再確認我的啟航資格。

輔導員把麥克風遞下去。一麥在手，阿姨們個個辯才無礙，說起痛那麼鞭辟入裡，且越說越精神，越說越飛揚。

左前方女士正誦讀她的病。腿抽筋。飛蚊症。記憶衰退。兒子結婚就好久不回來吃飯也不打電話。楊朵症候群。低血壓。女兒常帶小孩跑回來真怕婆家講話。卵巢腫瘤。更年期。痛的清單持續勃發。

「來到這裡一年以後，每天跟大家一起治療，就覺得說心情雖然很重，但身體輕盈。真的有夠幸福。」女士總結痛史：「所以說，我捨不得不痛。」她像個真正的詩人那樣，言苦痛以極樂之語調。

麥克風傳過來了。我打開嘴，又像一顆臭掉的蛤蜊，答得心虛：「經前症候群。胃痛。便祕。」感覺自己語言比以往更貧瘠。但狐獴阿姨伸長手，拍拍我，以循循善誘的節奏，替我按下開關。機器發出轟鳴，儀表板湧出燈光與數據。紗布下皮膚微微彈跳，旅程開始。

清單持續繁殖。

子宮內膜異位症。類風濕性關節炎。活到這麼老昨天還被婆婆打巴掌。骨質疏鬆症。腕隧道症候群。老公外遇以後我就開始長腫瘤，但我偏不死。子宮頸癌。乳癌。醫生說這就是女人體質，很常見。不要大驚小怪，醫生說。

掛在前頭的電視同步開啟。影片裡的女人唱誦相同症狀，讚嘆光波使她們輕盈。我來了兩年。我來了三年。在這裡我們很幸福。用語一致。是影片抄襲了現實，還是現實複製了影片。

麥克風傳回輔導員手裡，開始了他的布道。我們這台保健儀啊，雖然價格不菲，但它比醫生還溫柔，比老公還懂你。輔導員的聲音與保健儀同樣穩重，如月夜海浪，在重重落下之前，女人們經年累月的痛被輕輕托起。

教室前端，蹦出更多輔導員，抖擻身體帶唱健康金曲。

我的熱情啊好像一把火。唱得竟然是肝火。

他鄉風寒露更濃勸君早晚要保重。原來是勸人預防感冒。

阿姨們揮動手臂，在音樂中跳得歡快。最後一首歌完結，新的學員列隊進場。所有人拍手，意志堅定，齊聲吶喊：「我們要健康！我們要幸福！我們要健康！我們要幸福！」

我們要健康。

我們要幸福。

那是我在神祕大樓十一樓小房間的最後旅程。發生在好幾年前，如今想不起為什麼後來再也沒有去了。

也許是冬天風冷。也許在那裡我總是想起奉俊昊《非常母親》最後一幕，母親替殺人犯兒子滅證而失手殺人後，與一整車母親在遊覽車上跳起的癲狂之舞。

又也許是那一年，《被隱形的女性》尚未翻譯出版。我還沒深思疼痛的性別問題，也沒想過在科技界，人類預設值大多是男性。蘋果開發全方位健康追蹤儀，血液中酒精濃度都可追蹤，卻獨漏經期。地圖APP能規劃最快速的路徑，但沒辦法為夜歸女性估算最安全的回家路線。體能監控儀內建各式健身項目，劇烈燃燒卡路里的家務勞動並不在列。即使數據顯示，美國老年獨居人口，女性占了76%，跌倒受傷機率遠高於男性，偵測跌倒裝置的開發卻沒有進行性別分析。

在那間滿是女性的房間裡，雄壯的儀器們，看起來並不像為女性身體設計，且忌孕婦與低血壓。可那麼多帶痛的女人們一再洄游，在那裡幸福產卵。

某年冬天，我因症狀難以準確形容的婦科病，重複坐上冰冷的診療台，開腿。醫生說，這就是常見的婦女病啊，哪有什麼嚴重。我再開腿，當一顆臭掉的蛤蜊，被用力撬開。他們撐開鴨嘴鉗問會痛嗎？會痛啊，忍一下就過去。

那個語言貧瘠的冬天，我經常想起十一樓的小房間。

狐獴阿姨一雙手越過來，輕拍我，以超常的親暱送我上路。好像在新的世界裡，難以描述僅能伸手去指的萬物，都因為懂痛的前輩們去過了，彼時他方，我的貧瘠都不會被怠慢，我無足輕重的疼痛都能夠被包容安放。

不知道捨不得不痛的女士後來捨得她的痛了嗎？

免費體驗半年後，得多拉一個人入會，才能多獲得一個月點數。那麼，去了一年，感到健康幸福的她，周圍可能就坐了六個同樣為痛所困，要健康，要幸福的姊妹。

我與外國友人失了聯絡。但我經常想起她說過的，你們台灣女人大方，讓痛成為群聚現象。有餘裕的人才容易大方，但在那個疼痛的高峰會上，在群聚的痛裡，我感覺更多的是匱乏。

雖說對痛的耐受度應當無關美德，但台灣女人耐痛的意志，卻經常是公共道德問題。做女兒。做女友。做老婆。做母親。做外婆。做媳婦。做妯娌。做婆婆。你們的疼痛最好是一條溝圳，在無人知曉的地方暗流。

這當然不是指台灣女人因有善忍的教養便不怕痛。握緊麥克風的阿姨們，比誰都熱衷於在痛的是非題上大江大海去申辯。只是生活嘩啦啦流得那麼急嘈，她們的呻吟成為噪音。

事實上，這些不吝於喊痛，把痛喊成日常風景，喊成繞口令，喊得人心煩意亂的女人們，不喊痛的時候，都在操煩如何收拾別人的痛。

即便到現在，男人喊痛還容易被嘲笑太娘。可是，羞於喊痛的男人，疼的時候，並不羞於喊娘。

於是，為別人的痛疲於奔命的娘們，在一個一個無人知曉的垮掉之前，一次一次回到了十一樓的教室，把身體折進其實並不專為她們設計的機器，摩肩擦踵地為疼痛找伴。痛得那麼吵雜，又痛得那麼孤獨。

我們要健康。我們要幸福。當初覺得太像《非常母親》而大感荒誕的場景，也許就是暫時離開家來到此地的女人們，喊出聲音，撐住彼此的痛，僅此而已。

那是多年前我在十一樓教室裡，嗅到的娘味。

而所有在前線痛過的前輩們，將持續帶回最新戰況。

「你佗位痛？」她們如面試官嚴厲，害怕後來人若不能申論，未來便要無人知曉地倒下。

無人知曉的還有，小時候，一場換過一場的說話訓練課裡，我彷彿路過了媽的痛史，卻看不懂裡頭崎嶇的稜線。事實上，分組報告時，立在台前，漲紅臉，把自己泡成一顆臭掉蛤蜊，除了我，還有我娘。

「你就是太像我了。」那麼多年以後，我娘偶爾願意對如今也有被年紀磨出新傷舊痕的我，說些幼時恨到在掌心摳出血痕，卻沒有能力發出聲音的場景。她逐漸不再執著於治癒我，而我也已經懂得怎麼表演一個健康的大人。

那麼多年以後，「你就是太像我了。」關於這句話，我也許稍稍聽懂了。

那是一個痛過的母親想搶在疼痛發生之前，從前線為女兒捎來的消息。那是我的娘味。

全身閣樓風格

舒淇帶著九〇年代的性感回來了。雖然華語動詞的時間屬性不容易覺察，但是大部分的情況裡，宣告誰回來了，代表這個人曾經離開過。當然，一直有作品推出的舒淇，其實不算真正離開公眾視野。即使曝光略微短缺的空檔，人們想到台灣電影既前衛又活潑的臉孔，還是會自然講起舒淇。舒淇式的嘴唇，舒淇式的眉眼，舒淇式的俠女腳尖，在暗夜中輕輕跳過風吹的竹林與樹梢。

有幾次身在異國，想和他鄉人快速拉近距離，對於舒淇給予的好處特別感激。如果說要談起一些什麼能夠說明台灣，又常為他人對陌生小島興趣缺失感到挫敗時，「我跟舒淇來自同一個國家」，魔術就發生。舒淇適合任何話題，她絕對是無可取代的國產美麗。

雖然電影裡舒淇的臉超越了時間，但舒淇的時間屬性因為印刷與紙張，最近重新被提起。

一位傳奇藏書家在臉書上陸續曬出禁書收藏貼文，夾帶在白色恐怖時期出版的《查禁圖書目錄》，與郭良蕙小說《心鎖》之間，一九九六年發行的《MENHOUSE舒淇全真集》殺出重圍，引發一場犯禁的懷舊風暴。

這本繽紛全彩全裸絕版紙製品一曝光，立刻刺激五年級到七年級讀者的紙本起義之心，高喊果然印刷時代的色情最美妙！青春啟蒙記憶窸窸窣窣從洞穴爬出來狂歡跳舞。

我對九〇年代生長在印度洋島嶼，熱愛電影的喬，隨意提起《MENHOUSE舒淇全真集》在此刻對一代人施展的時間魔法。喬大感意外，在他出生的國度，從未聽聞舒淇香港時期的血淚史。他還年輕，並不被印刷術的色情啟蒙。但喬熟悉侯孝賢的舒淇，少年時代在播放舊文藝電影的小戲院裡，因《最好的時光》遙遠地萌發了寶島曼波之心。無論如何，舒淇使他雙眼發亮，嚷著有生之年最想入手的絕版藏品非全真集莫屬，現在網路叫價要一兩萬了。這大概也是舒淇與紙張的時間魔法。

我和喬接著討論起封面設計，關於禁忌，寫真集文案給了我們現在看起來還是相當朦朧的引誘——**最透徹色相．超感官珍藏**——透徹與色相竟然組合出了一絲佛教意味，恰要遁入空門，欲望所以勃發。

從空無中摩擦出色情感。太年輕的舒淇百無聊賴坐在封面裡，屁股下墊一張書法，頸上懸一塊紅色肚兜，搭配白色學生短襪，梳起古裝劇妝髮，整個構圖看起來性感得很賣力，還性感得太東方。

東方性感是西方的發明物，由西方航海員製圖。紅色是東方。肚兜是東方。書法是東方。女人是東方。東方就是性感的本身。作為來自東方的女人我心生好奇，問問數位時代的航海員ChatGPT 怎麼定義東方性感？ＡＩ侃侃而談，從民族服裝、茶道，到內斂謙虛的品德，竟然都有情動的可能性。

只不過，九〇年代的舒淇，尚未在國際影展擁有自己的臉孔，是誰繪製了她的東方身體？

我和喬說起寫真集的禁忌感，還來源於包膜出售。Never judge a book by its cover，請勿以貌取人的道德勸說全然不適用於寫真集流通。但人很奇怪，想到有被辜負的風險，一顆真心馬上就不安於室。所以說，封面文案儘管朦朧誘惑，有些資訊還是得講得清楚明白。

例如《MENHOUSE舒淇全真集》封面的刺點，反倒不在露出來，而在包進去。

舒淇與書法紙黏合，裸裎的部位，被一大塊粉色方格不解風情的覆蓋。方格內，文案妥貼安排——**全身閣樓風格．超脫尺度底線**——公開宣示本刊的軟性色情就是知名《閣樓》雜誌（*Penthouse*）的國際風格，保證比《花花公子》（*Playboy*）更加露骨，給熟悉 *Penthouse* 尺度的讀者坐進 Men house 的信心、就這樣去挑戰在地性感的底線吧！

《全真集》底本，來自一九九五年《閣樓》雜誌「龍的雜誌．裸的文化」系列，十九歲的舒淇成為香港中文版112期封面女郎，為國際色情雜誌讓渡了全副的東方尺度。當時她的藝名還叫王湄，是「一顆劃破時空的新星」。而後《全真集》集結《閣樓》照片以專書形式流出，港台兩地版本印刷參差不齊，盜印繁多，讓國際的身體輸出得相當在地。而她當時已經在王晶的三級片中，成為從台灣來的什麼都敢的舒淇了。

多年後，透過我的重述，喬露出可惜的表情。錯過印刷時代的舒淇，紙質性感反而對喬散發出神聖光暈。說著說著，深怕辜負了他的幻想，只好坦白：八〇年代末出生的我畢竟不夠早熟，同樣沒趕上港台寫真集繁花盛開的九〇年代。更何況寫真集不是給女孩的，然後彩虹頻道帝國就太過緊湊地降臨。那麼，奇怪的是，我又如何在體感上與寫真迷們成為同代人呢？

九〇年代台灣正是主體意識造山運動期，尚未從「盜版王國」形象出脫，越在地就越國際的口號還不流行，我們的性很東洋。一九九一年，篠山紀信拍攝宮澤理惠全裸寫真集《*Santa Fe*》一發刊，在日本颳起露毛龍捲風以後，不但為台灣人定義了「寫真」一詞的情色味，也為女星打造了新的身體尺度。徐若瑄、楊思敏、李麗珍、尹馨一一裸成禁忌也裸成經典。有一段時間，小學男生一到校就交頭接耳，工筆白描出爸爸抽屜裡最新入手的神祕書籍，摩擦出粉紅色轟鳴。我懷疑小學男生的口傳文學，為我捏造了不曾包括在內的想像共同體。

我把這個推論告訴了小吉，才發現她曾是擁有田麗寫真集的勇敢女人。攜帶一本印刷精美的田麗寫真集上學，使她成為最受班上男同學歡迎的女同志。田麗是小吉私藏的第一把粉紅手槍，她的救命觀音。

年輕的喬點了點頭，回想他的家鄉，娛樂到來得緩慢。直到二〇〇〇年代，電視台才有少少的限定的時間播放日本色情電影。沒想到來自印度洋的島嶼的喬，才該是我的同代人，這奇異的時差啊，地理大發現的魔術。

海姑

從東涌巴士總站排了將近一個多小時，擠上十一號巴士繞過大嶼山繞過海繞過石壁水塘，終於落車大澳堤邊，距離早晨從銅鑼灣迷你旅社出發，已經是三個小時以後的事了。

出發前，男子偷還倒臥在茶餐廳皮沙發上悠閒吮著法蘭西多士，念叨著等一下絕對要按圖索驥找齊《龍的傳人》、《與龍共舞》等等小時候著迷的港片場景，此時已經被這一路上種種不容易暈得兩眼死寂，只敷衍指了指立在村口的「樹有士多」說這該不會就是十一姑開的「痴情士多」吧，也算了事。我則拿著前晚在旅店興匆匆抄錄的一大張大澳美食路線圖，什麼茶果啊雞蛋仔啊炭燒魷魚蝦醬炒飯啊，在七月暑氣中攤開來看，連胃口也馬上蒸發。

一入大澳市集，就撞見方才下車蟻態散佚的遊客腦袋們，原來都塞在最熱鬧的永安街上了啊。我們果斷放棄最開始香港友人熱心建議的大澳一日遊最佳路線，先往人少的石仔埗街，去尋有名的鄭祥與蝦醬廠買蝦醬。聽說香港政府禁了漁船拖網捕蝦，加上年輕人多移往香港城找工作，現在無論銀蝦原料或者蝦醬產製工作大部分都依賴中國，我們此行還想著搶購可能是最後一批大澳原產蝦醬回台灣囤起來。

說也奇怪，雖然和高度現代化的香港城擺在一起比，夾在山海之間的大澳漁村頗有遺世獨立寧靜致遠的風格，不過靠著 Google 地圖找蝦醬廠的路途中，倒意外發現網路收訊竟然比銅鑼灣迷你旅館還暢通。想起行前蒐集的旅遊部落格分享過，如果乘著小船往珠江口開去，還可以收到中國電信公司發出的訊號，我和男子偷忍不住好奇，往海的方向舉高手機。不過，在棚屋間錯夾擊的小弄之間，衛星定位不知怎麼，一直帶著我們繞圈圈，眼追著地圖上的藍色定位點，明明正接近鄭祥與，卻又反覆在同一個岔路口突然定格，接著呼嗤一下跳到幾公尺外的神祕小徑。偏偏連綿石仔埗街的棚屋群生得太像，木頭腐蝕塌陷的程度看起來也差不多，且每一家門前都擺了簍筐曬蛋黃或者鹹魚，真要丟開地圖肉身辨路也是極沒把握的。只幾排棚屋非傳統木造，用光滑鐵皮四面焊接起來，讓這種新型棚屋看起來不像是漁民居所，更像軍事基地的笨拙偽裝。

在無人蹤的蛋黃與蛋黃鹹魚與鹹魚之間迷迷糊糊繞了四五圈，烈日下我和男子偷開始為不斷迷路的罪責究竟該算在 Google 製圖技術還是我薄弱的讀圖能力上爭執。突然，是日救星出現了！一個弓著背的矮小阿婆不知從鐵皮棚屋的哪一處彈到我們面前，臉皮薄如紙的男子偷即刻埋頭，彷彿瞬間又重拾對 Google 地圖的信心，我只好趕著上前攔下阿婆問路，可連「請」字都還沒冒出頭，阿婆就主動攀住我的手，神祕兮兮低聲說：「小姐乜都咪講，你喺愛情嘅路上行啱咗囉！」

本來以為這冒冒失失瓊瑤連續劇風格的浮誇對白，大概是當地老者橫生的幽默感，慣於玩弄一臉傻笨的迷途遊客的日常。但見我只是尷尬一笑，阿婆突然露出鐵了心要教會我做人道理的表情，我感覺手臂忽然像陷入流沙，被一股不可抗拒的蠻力往下扯，下一秒我與阿婆就頭靠頭一起蹲在地上了。她改用普通話，把聲音壓得極扁，以食指在地上比畫。我看喔你拍拖對象兩隻眼睛又大又凸，就知道他一定好硬頸好盟塞，一個想法有了，對錯不管就會跟你拚到底，跟你撞到頭破血流也唔滑底，死牛一邊頸。可是你喔，眼睛細細長長，瞳孔又比較小粒，這種象眼人就是會很溫和，都好容易把真的情感情緒藏得好深，反應也好慢。表面上看好像是牛好強壓住了象，可是，象動作慢吞吞反而有時間多想，多算計，他一頭撞過來你就拿你的大屎忽對他，他自己衝到累你再拿鼻子一下一下這樣戳到他發嬲啦，算起來其實你還是治死他。所以我啱啱才說囉，小姐你在愛情路上走對囉。

算過這麼多次命，首先，還沒遇過在路上隨機攔人不分青紅皂白就無差別論命的。再者，每一個排過我的盤，看過我的八字，摸過我的骨的算命師，全都滿臉愁苦，有口難言。特別是感情運，雖不至於全盤皆輸，但卻經常有某個螺絲拴錯了尺寸而總是與自己齟齬，不夠慘到令人同情，對著這樣的命拍手叫好也是不可能的。此時此地素昧平生的算命阿婆卻什麼都往好裡說，實在離奇，而幸運來得太突然我竟恐慌得懷疑自己不配，忍不住想一探虛實。聽說香港有名的算命攤在旺角廟街耶，我看潘國靈小說寫過那裡有神準的算命師傅，本來明天想去看看，只是沒想到大澳也有會看面相的算命仙，不知阿姨你在哪學的？

男子偷這時也若無其事晃近，阿婆多了個觀眾反而更精神，挺起腰絮絮說起來。

年輕的時候她在大澳曬鹽，也幫忙親戚製蝦醬。有一年，家裡供的定風猴像意外摔裂，隔幾夜，老公出海就給風浪吞了再沒有回家。第二任老公倒是身強體健，只是愛賭，夜夜都往大檔裡鑽，賭輸了回來就揍她。他雖然沒賭運，卻知道往她的腰間一頓悶捶才不會留下給村人議論的外傷。其實村人哪裡會不知道呢，棚屋臨得那麼緊密，那麼多夜她給打到嘰嘰哼叫的慘狀，都穿過木板牆縫隙給鄰屋一絲不苟地收聽了。說她老公賭運差，但好幾次港區來的便衣警察突襲搜查卻無功而返，主要是村裡警民合作無間，報信系統早已經綿密織起來。躲得過牢獄，卻躲不過賭債，光靠她幫忙製蝦醬，六到九月旺季之外幾乎沒有收入，追不上老公在賭桌上散財的速度。有一年，她跟著親戚到旺角找離家做工的姪子，走過銀行後邊的小算命攤，攤主芬仙姑突然指著她啊啊怪叫，中邪一樣，一下子把她苦難的身世都講了個明白，又拉住她悄聲說，前幾夜夢見關帝，指示來日會有像她這樣一個女子路過，芬仙姑必須收她為徒，這是天意。芬仙姑口中異常荒唐的要求，不知是真關帝顯靈還是怎麼的，在她耳裡聽來突然像是神的福澤庇佑，反正無子無女拖著無用的丈夫沒什麼可留戀，沒考慮更多，她就真的孤身出了大澳，改名海姑，來到廟街隨芬仙姑學面相學八字學鳥卦甚至通靈，芬仙姑病死後接了她的攤，正式中年轉業，在旺角替人算命算到九七年。那一年，海姑突然失去和關帝通訊的能力，她說逐漸地香港人的面相她也看不出端倪了，好像他們對自己的命真正失去了知道的興趣，生意做得零零落落，海姑自覺使命已盡，像她當初決心留在旺角一樣果斷，收了攤回到大澳養老。

「今天算是同你有緣，一出街就看你們快嗌交啦。」聽完海姑的資歷，我對她信心大增，抓緊機會問：這樣一來，我們結婚是沒問題的吧？

海姑看看男子偷的臉，捏住我的手，用非常非常細小的聲量在我耳邊說：海姑最後送你錦囊妙計，婚姻嘅路，瞇埋眼摸過去就可以行到底。

站在這條僅剩幾家蝦醬廠而顯得落寞的小路上，海姑忽然一臉蕭瑟，中邪一樣茫茫然，用沒有起伏的語調念：「我早知，幾年以後，香港會有好多人瞇埋眼的。」話一拋完，轉身就往鐵皮棚屋邊上鑽，消失了。

我盯著男子偷的臉呆了一陣子，他放下手機悠悠晃晃，不明所以看著我。天好熱，蝦醬也不想買了，他便提議到大涌橋旁找船家買票，走水路看棚屋。橋邊船家莫不機械化地朗誦，來來來一趟五十元看棚屋看中華白海豚。不過，來觀光的叔叔姨姨們兩手掛滿了海味，好像就任務完滿達成了。因此，最後招攬上船的人並不多，我藉機問了導覽老伯那些鐵皮棚屋的由來，阿伯好像才真正恢復了一點人味，解釋兩千年後大澳蜑家棚屋不只一次火燒連環屋，消防艇少，還得借漁民的私家艇，噴出來的水像老年人撒尿一樣微弱，木造棚屋都不知道燒沒了幾多，才新蓋了鐵皮屋。幸好沒人被燒死，阿伯聽起來有些怨，說蜑家人是香港最早的原居民，但沒有客家圍村的丁權保障，火一燒完地還都變成他們偷占百年來的，好像燒沒了活該。

導覽伯語音未落，不遠處鐵皮棚屋腳，中華白海豚沒見到，卻怎麼彷彿看到海姑異常靈活地從水道攀上支架，整個身子離開水面的時候，下半身竟然甩動著魚尾。她轉臉朝我們望，嘴裡卻叼著一隻羽毛蓬鬆的雞，詭異地笑。我簡直快嚇尿，用力指著海姑攀附的方向大叫，可男子偷和導覽伯，卻像是什麼也沒看到似的，用奇怪的表情對著我。

幾年後，我與男子偷結了婚。又幾年後，香港反送中集會有百萬人把街頭占滿，再後來，港警用煙霧彈、布袋彈幾乎讓一個老師的右眼失明。再後來，又行刑式把一個少女的右眼射成巨大的血腫塊。中央電視台的主播在電視裡用燙得平整的語氣播報，各位觀眾注意，止暴亂的主流民意不可違，這暴徒，是被自己的隊友射傷的。

海姑那一年真的對我說過，瞎眼摸過去就可以行到底嗎？連她是不是存在過我都不能確定。

而這些年，在記憶裡，漸漸只剩下她叼著雞的那張，從海中竄上來，非常憂傷的臉。

新娘潭

她和她的香港情人在一個風和日麗的下午臨時約好去新娘潭踏青。

她撒嬌磨蹭：「我們第一次約會要去哪？」

（半小時過去。對話框「正在輸入文字」仍乍明乍滅。最後以意想不到的三字結案：「新娘潭。」）

哇靠！什麼鬼地方？

算了別多想吧。機票火速訂妥，住宿也不用操煩，香港情人說雖然還沒正式見面，但已經像談了一世紀的戀愛，不如就落腳他位於銅鑼灣的住所。是的，他們沒見過面，但除了面，倒也方方面面都見過了，這時候再講矜持，只是聊備一格，且近乎虛矯。

畢竟，從遠遠朝對方臉書揮手起步，每一個讚都是前戲，在訊息裡投他以木瓜報之以瓊琚，盡私密器官符號化之所有不文明交誼的可能，這邊棒打老虎，那下以卵擊石。這一年來，她第一次感覺社交媒體讓親密關係盛況空前地沒有了礙。用符號構成的愛，有更精美的濃度。

至於，為什麼初聚首的地點選在冷門到近乎詭異的新娘潭？明明對第一次訪港的她，約會怎麼說也該往維多利亞港滲海風，旺角廟街嗑煲仔飯，或者擠上太平山與眾愛侶分攤夜景，這是台灣人如她，對一個在各方面皆相濡以沫的另一座島嶼，所能想像的浪漫極限。但是，在搜尋器上輸入「新娘潭」之後，這個由猛鬼，車禍，與詛咒組合而成，與觀光一點也沾不上邊的郊野之地，讓她對於衝動之下提出的會面隱隱不安。

人的想像多貧乏，看別人總像照鏡子。她從來以為，往別人內裡望，卻能照見自己，那便是愛的核心了。

關於新娘潭的慘劇有一個原初的公定版本。多數鬼域必有開天闢地，死不得其所，讓詛咒能名符其實的起源說。

原來，好久好久以前，有一個從新界東北區烏蛟騰叢林出嫁的新娘，由四個挑夫扛著轎子左搖右晃往鹿頸叢林運。路經飛瀑深潭，一個閃神，轎夫兩腳抓不住濕滑的石頭路，呼喇喇把肩上的新娘往潭裡倒。諱莫如深的那口潭，電光石火之間，唏哩呼嚕連人帶轎吸了進去。從此，潭水對這悲劇不發一語，往後的種種都只能以我聽說作起始句。

新娘潭，這郊野潭水有了恰如其分的名字。有人捕風捉影，聲稱夜半潭底能見一雙裊裊升起的新娘腳。或者，有人指證歷歷，手持磁場探測儀，以實證主義精神測到了靈體，於是新娘的怨念也有讀數指標。量化後的幽魂終於顯影，身披紅衫，款款坐在樹枝椏，虎視眈眈。

真是個鬼地方。

預定會面時間早過了，她還在香港機場出境大廳輾轉。顧念她人生地不熟，早約好了先由他領著往銅鑼灣擱行李，為什麼一小時過去左右還等不到人？她掏出手機，用食指貼住螢幕向上滑，她理解他上班忙，回訊息總像有時差似的，只是那些明明已經倒背如流的對話紀錄，怎麼此刻看起來更像她自言自語，慘澹經營的獨幕劇。好吧，若要細想，就憑她不上不下的條件，能與他這樣的男人交心已經天大的意外，（這樣的男人條件則有：貌似古天樂。在中環火亮的金融大樓上班。下班與西裝筆挺的外國人在酒吧稱兄道弟。粵語英語普通話三聲道是基本技能。）這下還能談上戀愛，那便是皇上暗夜眼花翻錯牌子了，當然得趕緊把自己捲進大紅棉被，赤條條的，滾也要滾過去。雖然以什麼皇上嬪妃這種前現代的比喻貶斥自己頗為可恥，但商業雜誌不也經常評論大齡剩女嫁不出去就因為眼光中上資質中下，彷彿平庸即邪惡，未婚亦邪惡。而這個世界是要消滅邪惡的，那是普世價值，不論在哪個島嶼。

所以一有翻身機會，她當盡力給予。

在機場候著的時間裡百無聊賴，她幾度想起即將要去的新娘潭，有神祕難言的熟悉，於是又著魔似反覆上網查看。

原來新娘潭還有一個現世的影像化版本。詛咒之所以可怖，是因為時間之刃對它無效，斬不斷一代又一代的承繼，香火裊裊。

九七回歸前夕，香港鬼故事特別多。一九九六年新娘潭的猛鬼傳說在電影院被改寫，雖然大埔鬧鬼也鬧成了舊聞，但真正的經典是不分年代流行。比如我的苦彷佛會因你一起痛而減緩，因此抓交替總是跨世代的療癒人心。至此，新娘出嫁途中的死亡意外，血肉豐滿，連骨架都能重長，進化成三〇年代歌壇名伶投潭自殺的淒美殉情故事。女鬼魂魄未散，日以繼夜在潭邊作祟，滅妙齡少女的口，彷若毀人今生之願，前世咒怨才不作數。然最懾人的，還是女主角因同情歌星愛人之痛，竟被女鬼伺機抽魂換魄，在六十年後複製了同一套苦戀而不可得的悲劇。悲劇會複製，詛咒能靈驗，永劫回歸，來自人義無反顧在歷史的災旱裡，以僅有的口水濡濕彼此。同情共感，你中有我我中有你，那畫面太美，句子就斷於此處，忘了唾腺乾枯，再沒什麼能給出時，不如相忘於江湖才是最好結局。

更何況，同情共感有時候更像附身，要侵人軀體奪人魂魄。做鬼也不會忘了你。只是當詛咒在時間中長出了不同的版本，死得無心成了有意，哪個才能淋漓刮剖命運之恐怖？說到底，它們都事關於到不了終點，恆久地在路上的故事。

入夜，他終究沒有出現。

坐在出境大廳，她還在想，這見了鬼的戀情到底該如何收尾？在她不上不下，總是被辜負的人生裡，新娘潭的詛咒就像她的宿命，明知到不了終點，仍想試著前往。立起身，她把行李甩上肩膀，就當他死了吧，下了重大的決定。

以詭異的熟練感登入他的臉書帳號，她激動得發抖，在關閉帳號處，猶豫幾秒，然後按下

「確定」。

當晚，有一個新的臉書帳號註冊了，像一個帶著前世今生出世的孩子。

在即將展開的戀情裡，人物設定是：中英混血，剛從香港搬往北京，住三環，跨國公司主管。她微微笑了，內心滿是柔情，在這故事剛剛被造出來，一切都有可能的一刻。

站在檳榔路後山指認自己的家像一個新婦

帆布臨時搭起的棚子，在艋舺西園路邊角，一夜之間長成天長地久的規模。如果有人非要惡作劇給出那種為難人的題目：請用一句話形容台灣。我會帶他去看一個喪葬棚架的誕生。就算匆匆忙忙，東拼西湊，也不能不鼓鳴旗飛，花團錦簇，是這樣的架式啊，我的台灣味。

搬離台北，到後山住了十幾年。十幾年後的後山，與十幾年前一樣，像忘在櫥櫃最上層釀酒的玻璃缸，地震時酒面只輕輕一晃，又迅速安靜下來。即使後山閒下來的地多，巷弄鬆緊有致，連市中心最繁盛的地方，也不能說車水馬龍。但像這樣唏哩呼嚕就占去馬路巷弄幾個禮拜，把送行大張旗鼓公共化，鄰里親族往來方便，但不相干的過路人卻難免被迫參與的棚子，即使在地闊天寬之處，也逐漸掩了聲息。

其實，緩下聲息的送行不一定事關地大地小，或私事應該私了。但私事公辦畢竟少了活人死人之間那些死去活來的恩怨綁架，好像讓憑弔與悲愴也感覺有了效率。

每老一點，是不是就把年長一點的人從世界邊緣擠出去了呢？質量守恆定律雖然完全不是這樣運作的，但參加的喪禮慢慢多於婚禮以後，行禮如儀之間，有時也有餘力浮想聯翩。

在台北，我穿過山洞去辛亥路殯儀館送行。我沿著行天宮圍牆到民權西路一間緊挨著一間的佛堂送行。我也搭過很遠很遠的車，隨長輩領了號碼牌，等在三副棺材後面，在三峽火葬場排隊看火焰把阿公吞滅，然後各自到小吃部吃一份熱的排骨飯。

許多台北我不曾探過，有時還喊不出名字的山林街巷，想想都是往生者帶我去的。

帆布棚紛紛收起來了。送行者們走進收拾齊整，規格化的靈堂裡，竟也是摩肩擦踵，雞犬相聞。守夜如果無聊，還能探過頭去，窸窸窣窣與別人家女兒交換折蓮花的技藝如許。有時，小小的廳堂，十幾張遺照嘩啦排開，鮮花素果金童玉女風格各異，看著倒也像週末創意市集，或社團成果展那樣琳瑯滿目百鳥爭鳴。因此稍有不慎，某個顧人情講禮數勉強趕來的同事或遠親，就對著陌生人的照片上錯了香，如此尷尬的事也是有的，只能當給鄰桌叔伯阿姨添些意外福報。

這樣說起來，離開棚架，不在馬路邊的送行，原來還是非常公共的。

九〇年代的都市喪禮，偶爾也是街頭巷尾熱熱鬧鬧。在聽過政治是眾人之事以前，恐怕台灣兒童更早知道喪禮才是眾人之事。

至於喪禮的政治是眾人之事，那是要大了以後，突然不能豁免於被丟進家族某個角色，才慢慢看懂了一些。又或者更大以後，成為誰家太太誰家媳婦，一下子從翻看別人家族相片，不要不緊喊幾聲唉喲二伯少年時陣足緣投喔，一下子就摔進鏡頭裡，摸摸鼻子，才發現灰頭土臉。

頭幾年，作人新婦在團體照裡擺拍的潑死，大概也就像九〇年代鬼故事節目裡流行過的經典恐怖照片。歡樂的畢業大合照最後排，總有一張多出來的臉，卡在同學肩膀上，被調成了灰階，露出不甘心的表情。

六歲或者七歲那年，台北縣還沒升格成新北市，我住在新店區公所後方彎彎曲曲的巷底。假日英語補習班提早下課，沒到和我爸約定的時間，天色尚亮，突然下了決心，要沿長長的北新路走回家。那時怎麼就沒想到，無論如何這等大事，也該先找個公共電話向家人宣告呢？總之往事湮遠已不可考。彼時我大約是忙著想方設法，著迷於幹大票的，看起來老練的計畫。那是一段特別著急自己長得太慢的時光。對於經常掩飾不住，老被大人責罵的粗心蠢笨，深深感到不耐，以為幼稚是時疫，時間會治好。

小孩裝大有時出於無人看管的無奈，有時出於過多關照則老想證明自己的討好。總之早熟經常被視為一種溢美之詞，其實往往是過譽了。

總之，六、七歲的第一次長征，果真還是粗心蠢笨，竟往完全相反的方向踏上歸途，在北新路複雜的巷弄迷了路，最終在靠山，天寬地闊，還植有一圃菜園的巷子，闖進一座特別巨大的帆布棚架。

我第一次看見了棚內的風景，死亡原是如此繁花似錦。

一張我不認識，但一定有一百歲那種老法的臉，在鮮花簇擁中冉冉升起，笑相莊嚴。但不知為何，我總感覺那種沖印出來過分鮮豔的笑另有隱情，像是委婉的求救，因而本能性豎起寒毛，生生懼怕起來。

喪家吆喝著，忙進忙出，沒人發現多了一個孩子，任由我左顧右盼，在罐頭塔與花圈間晃蕩。這也不奇怪，喪禮上的小孩通常比鬼魂的存在感還低，踏在沙上可能都不會留下腳印。

天色很暗了爸才找到我。此前應該是心急如焚尋過北新路上所有不安好心的巷子們。他向喪家道歉，拽著我的手拖出棚外，上了車，竟就默默地沒有發難，只簡單說了下次不要再這樣亂跑，然後就面色灰白，在北新路上安靜地開著。夜色中我爸映在車窗上的倒影，也像畢業大合照裡，多出來的那張臉。

北新路寬闊有菜園的巷弄容下了一場盛大但與我無關的死亡。還不知道公私應當分明的六、七歲，我只隱約感覺自己犯了什麼禁忌，越過了什麼界線，往與家完全相反的方向遠遠地去了。

西園路的送行還在繼續。這是第幾夜了呢？

鄰里黃髮垂髫，熙來攘往，折蓮花小桌上洗牌一樣，已經換過好幾張臉。臉們烏壓壓過境，直至我張口都是乾的，已經認不出親屬關係，只好統統喊叔叔阿姨。折蓮花阿姨們有海口的腔調，宜蘭的腔調，舌頭藏起不同的地圖，一起就落在了艋舺。咬著不同的腔調，下午有閒她們也經常聚在這裡，街頭巷尾的事無所不知，把艋舺也住回了靠海靠山的村落。

新的阿姨進門，報到，拈香，打量我，咬耳朵。「恁是啥人？」

「猶未過門的新婦啦。」早來的阿姨熱心答以權威口氣，話都還沒說完就又折好兩顆金元寶。

搬回台北幾年還經常覺得自己猶未過門。租在科技大樓後學生群聚的巷子，上路時還得打開 Google 地圖，活像個新婦。和平東路的巷子雖然有樹有公園還偶有居民的開心菜圃，但離山很遠，不曾在那裡看過有人辦喪事。蛋黃區的居民好像都不死，或死得隱密又節制。

此前，我短暫愛過一個人。他在敦化南路的家離我後來的租屋處不算太遠，彼時我還住在花蓮。那是一段如搜救隊在瓦礫堆旁待命，一接到訊號，就立刻揹起裝備北上探勘的動盪年代。有一回，男子送我去火車站前，站在大樓門口，突然慎重其事，伸手指向橫過敦化南路的街區。忠孝、仁愛、信義、和平。他大聲朗誦出來，說這可是有順序的只講一遍，你趕快記下來。

忠孝仁愛信義和平。我緊張得胃絞痛，複讀機一樣跟著他的指示在心底默念過好多回。他是在教一個花蓮來的女人認會台北的路，我卻以為是想領我找到他的家。我背下安和路上的酒吧招牌，侃侃而談信義路其實沒去過的餐館，在那些裝得老練的時刻以為自己看起來就不蠢笨，以為自己正在被接受。

搬離台北那麼久，男子總不吝於讓我覺得台北陌生。他說在新店出生很鄉下耶，不能算是台北人吧。某一夜與朋友約在東區茶街碰面，電話那頭他冷笑，喔沒想到妳是那種混茶街的女生。我沒聽懂意思，怕問多了更鄉下，但無論如何，話裡頭的輕蔑我是聽得懂的。提早離開聚會，走上忠孝東路，那時亞力山大健身中心還沒惡性倒閉，業務欺近要我填問卷，見我肩上一大袋起了毛邊的行李，立即說抱歉不用了，收回問卷，轉身向等在捷運站口時髦的東區女子走去。

搬回台北幾年啊，早就和敦化南路的男子失去聯繫。忠孝仁愛信義和平之外台北還有好多條馬路我已經去過，有很多是往生者帶我去的。捷運站口 World Gym 業務拿著問卷走近時，我可以告訴他謝謝不用了我已經有習慣運動的地方。而當時以為是情話的忠孝仁愛信義和平，多年後想起來，其實更像是一種訓誡。

搬回台北幾年啊，還租在科技大樓小巷內的頂樓套房，鐵皮加蓋，台北的一切都還像新的。只有在冬天牆角潮濕到長出一朵小香菇時，才想起小時候新店老公寓裡落下粉塵如雪的壁癌。或偶然聽聞七張站原來有一處穿梭陰陽界的靈異入口時，小聲喊出那是小時候常和爸媽去的舊麥當勞啊。

後來，我與不教我背路名，但願意和我一起探路的好朋友訂婚，開始在他住的艋舺識得一些路。例如，他的阿嬤早年在三水街新富市場賣水果，清晨就踩著腳踏車去萬大路第一果菜市場批貨。艋舺沒有人不知道從鹿港上來的水果阿嬤能幹。水果讓阿嬤在西園路上逐一添置了樓房，捲毛阿公用其中一間店鋪開了一陣子葬儀社。也有很多時候，醉倒在桂林路或西昌街的茶室，等著阿嬤從市場回來雷厲風行一間追過一間去逮人。

關於艋舺的故事還沒聽完，華西街再往下的路尚未認清，阿公就離開人間，去阿嬤逮不到，真正的溫柔鄉了。

喪禮棚架挨著阿公開過葬儀社的店面旁，以地利人和之便，風風火火搭建起來。大家都來祭弔開過葬儀社的捲毛阿公，勸慰能幹的水果阿嬤節哀莫哭。但總在踏入門以後，一眾姨嬸們又抓起阿嬤的手，像是團練了很久，校準哭調仔音頻，「捲毛啊～～我心疼啊～～」，不約而同，以協和的節奏哀聲哭倒。

「猶未過門的新婦」。像背誦忠孝仁愛信義和平一樣緊張，我在棚架下反覆揣摩這新得還有些燙手的角色，依習俗穿上整套大紅洋裝，在一片嗡嗡低鳴的黑中，喜慶得如火燎原。親族們交頭接耳，伊是啥人伊是啥人？我感覺自己在別人族譜裡歪了一隻腳的板凳邊上，或坐或站，最後不如半蹲著，對來往探路的人沖印出過分鮮豔的笑。

鄰居阿姨們見我紅衣入門，擱下折蓮花的手，唉喲一聲抖擻羽毛，要我即刻脫下黑色絲襪換上膚色的，卡得體。我趕忙弓身把襪子捲到腳踝，她們便攏起翅膀，對我的受教稍微滿意。我突然感覺自己在西園路那一座五彩棚架下，穿越了七張麥當勞的靈異入口，走入曬有蘿蔔乾的鄉下大院，眼前一切都像新的。

其實台北之於我最初也有點鄉下院落那種天寬地闊的意味。生在新店的邊邊角角，如今可說是非常筆直氣派的中興路，尚未鋪起來。一九七九年，爸媽結婚，向外婆借了頭期款，又負擔不小的貸款，花八十四萬購入新店檳榔路靠山小巷弄底蓋得像一座四合院的公寓。六年後，生下我，四年半後，又生下弟弟。

夏天新店濕熱，屋子裡待不住，爸和媽就帶我們穿越彼時還不是中興路的路，拾階往後山一座大家都喊媽媽樂園的小公園找涼快。我們喜歡站在土坡邊緣往下看，搶著伸手去指山下那座蓋得像四合院的家。其實方位完全錯了，但我和弟認家認得過分熱心，大人也就任由我們胡亂去指。在識得忠孝仁愛信義和平之前，那是我最初找到台北的方式。

我很少和人談起檳榔路或媽媽樂園的事。並非掩蓋來歷，只是記得的不多。真要說起來，也只剩下放學途中爬濕了巷口磨石子牆壁的蝸牛，或者後山泥路上被踩扁的蜈蚣，零零碎碎，一些不必一定得發生在檳榔路的片段。

其實搬來又搬去，日子一點一點長長，小時候伸手去指，大喊那是我家耶的熱心，也就平白淡去。記憶沿街灑了一些，然後又潑出去了一些。偶然把罐底僅存的拖出來曬太陽，忘記旋上蓋子，慢慢蒸發了。

西園路喪禮上，我隨意與人談起我的新店。

中興路蓋起來以前究竟是什麼路呢？想了老半天，終於記起來，連路都沒有呢，僅僅是錯落幾塊田。我與鄰居哥哥經常騎三輪小車，在泥土地上輾過淺淺印子。那個哥哥在世界上輾過的印子也是淺的，後來在一座高架橋上，一輛失速的車裡太早地過世了。

大約是為了替即將乾下去的話題加水添油，親戚拿起手機搜尋檳榔路、後山，忽然露出恐怖的表情。你知道那裡以前叫檳榔坑，後山的大粗穴礦區，是二二八事件還有白色恐怖執行槍決的墳場嗎？當地耆老說，因滿山埋冤骨，鎮公所大量噴灑消毒水掩蓋屍臭。山下的居民們並不談論山上的氣味，直到雜草重新茂密長起來。

他問，你們家不是二二八受難者嗎。結果你小時候住檳榔路，都不知道發生在大粗坑的悲劇嗎？

牆上的蝸牛，地上的蜈蚣，這些便是我對出生地碩果僅存的記憶。我突然有些尷尬，感覺又是那個走反了方向，闖入禁地，粗心蠢笨的六、七歲。真正成為了一個外地人，再返到台北，才活得有一點點歷史。

小時候回鳳林外婆家，暑假長得發慌，我跟表妹常常在二二八被槍殺的外曾祖父蓋得斜斜的墳上溜滑梯。有客人來參觀墓地，我們還喜歡拉著他們的手熱心導覽，像一塊人氣旺盛的觀光地。大概為了化解尷尬，我沒來由向對方訴說了這個奇怪的場景。

還沒說出來的是，檳榔路的日子，我和弟弟真的曾經如此無憂。在那個被稱為樂園的山坡，拚命伸手去指，爭相走告，山下那個是我們家喔，得意洋洋，覺得自己十分像個大人。

在災難上溜滑梯，天真與殘酷失之交臂的歷史，原來早在我走進北新路某巷底巨大的喪葬棚裡，晃蕩在罐頭塔與花圈之前，就已經跨過了某一條我自己都不明白的界線。

這是第幾夜了呢？西園路的送行還在繼續。親戚禮貌結束話題，移開了目光。我把脫下的黑色絲襪慢慢束好，收進紅色大衣口袋。莫名想起從前看《大紅燈籠高高掛》，最愛片末的一幕。棄婦頌蓮發瘋以後，老爺又娶新婦，嗩吶奏得震天價響，大紅轎子扛進院落，她一身灰藍布衫，獨自遊蕩在宅院中，豔紅的燈籠，一盞又一盞，那麼喜氣，在夜色亮起。

夜路

來到台北以後十分喜歡逛廟。說逛廟，好像又太慎重其事，其實完全沒有下過任何田野調查的苦功，只是離開台北多年以後又住回台北，在舊的新居地感覺不打開 Google 地圖就會弄丟自己，於是濃墨重彩想在城南敘事裡找回身體。

剛搬進牯嶺舊貨街附近常迷路。這裡的巷子老，像頻頻燙染又懶於保養的髮梢，四分八岔又找不出規則，意圖把人拐暈。

所以我閒來無事就出門，在舊貨家具堆這裡聞聞那邊嗅嗅，看到鍾意的房舍就去磨一磨背脊，無人知曉地宣示領地。

後來在廣東話初級課上造句，老師問：你有咩興趣？我答：我平時鍾意出街行吓同埋觀察路人嘅反應。老師傻了，反覆問點解？對呀為什麼呢我著急著解釋但詞彙不敷使用，一時間腦中抓到的單字全是菠蘿油豬扒飯與聰嫂糖水好好味。學習陌生語言大多從日常外地求生最普遍且急迫的需求開始：第一課，與香港人初見面自我介紹。第二課，香港交通。第三課，香港美食。顯然我的興趣既不普遍也不急迫，實無解釋自己熱衷走路睇人怪癖之需要。

進階課上，學的字彙多了，我們玩比手畫腳猜字練習。拿到了神祕字卡，必須用廣東話形容讓我們猜的 Vivian，把剛學了兩個月的語彙一下子用光了，情急之下大叫：「呢個詞就係講阿訥喇！」全班立時有了絕佳默契，想起前幾週剛看過的 YouTube 影片中成日站在街邊的香港老伯，遂朗聲喊出：「廢老！」詞彙匱缺的初學者當然沒有嗆我是建制派保守人士的意思，於是我以閒來無事上街看人，寫字，的怪奇形象，不明褒貶地占用了這個詞。

我造了一個句子，那個句子把我造了進去。我占有了句子，又拿走了原本的意思。以書寫占地大概也是這樣的強占行為。

為了自助寓居，幾年來我一一把台北街道造進我的筆記裡。我記下無名早餐店，倒閉咖啡廳，都更廢墟，神祕怪房東，這才發現奇怪啊，原來明明是想以書寫定居，怎麼能記下來的，都是消失的密室。

我決意為我的小街造句。我的小街也多怪癖，不但多洗衣店，也還多廟。三步一小廟五步一大廟給我一種台北多廟的偏見。不過，如果散步是為找事可記的話，廟的故事大概會比洗衣店神異多的吧（但此地洗衣店密度之高也不能說全無異狀）。

我貪看神壇上供的是哪些生熟面孔，猜測祂們為了安住轄區各自施展哪些法力（例如保障洗衣店有衣可洗，里民芬芳可喜）。

不過作為不合格的基督徒，從小就在主日學沉迷免費發放的點心比聖經戒律多，經常搞錯信仰重點。後來就順理長成了祈願自助餐，一個泛神論者，四季無規無舉，見神想拜就拜，可算信仰的投機分子。因此逛廟的時候看的多半是熱鬧，像個真正的外行人那樣毫無包袱隨喜亂竄。

不如就說來到台北以後我十分喜歡經過廟。

經過，就只是經過，好像少了人與神的連結，這樣描述或許要安全些。好吧，細細一想，宣稱我們沒有瓜葛是為了有更多撒野的自由，要是拿來描述一段戀情，那明眼人肯定就說這是因貪心而注定負心的推託之詞了。

幸好神明慈悲，能慈悲大概就不怕人負心。只是以前也聽過一人不進廟，兩人不看井的警語。對外地人來說，廟原來曾是險路，生人勿近。古代旅人只能下地一步一步把路走出來的時候，上下求索，南北長征，野嶺荒郊找不到館驛投宿，推敲月下門，寺廟通常會無差別給過路客一方棲身地。因為往來不問身世，什麼劫財貪色、殺身害命之事，也就容易發生在廟裡，連稍微貴重的神像法器也不能全身而退。五湖四海多風險，但還是那句任何時候都適用的老話：難渡的是人心。

一人不進廟，但回家路上處處都是廟。

有些廟容易經過。如果從晉江街出發，想到藏在同安街巷內，前身是台大農化系教授宿舍的野草居食屋小酌；或停在同安街邊牛肉攤點一盤炒麵吃，最短的路徑，是從一棵大樹公盤住的長慶廟的肚子，直直穿腸過去。

第一次嘗試過廟而不拜，只為吃，羞恥心作祟，怕犯忌，走路急得都像做賊。再多穿行幾次，臉皮與虛的心一起厚起來，也就不費心為偷時間找理由了。

廟裡祭拜有嚴謹流程，像在大醫院掛號看病，我總下意識敬而遠之。有次趁四下無人，投了點香油錢拿了包福米，因而有膽靠近神桌細細觀察。見福德正神生得雍容，連桌底的虎爺也長得可愛，在此地庇蔭鼓亭莊百年的神明肯定也是往來不問身世。所以，吃完牛肉炒麵我經常願意走回來坐坐，吹風消化，和土地公分享搬來以後我為這條小街經常茂盛起來的食欲。

但有些廟一人通過也像兩個人的井。剛搬來城南，如果必須夜歸，出捷運站我一定把膽子束緊，腿拔起來，用跑的。

古亭捷運站出口是一連好幾棟鋪光滑大理石地板的商辦騎樓，銀行門一開吹出乾爽的冷氣，其實沒什麼可怕。這文明幹練的冷媒氣味，有好一段時間讓寫了太久論文，苦惱於自己不事生產，走進哪條街巷都感覺節外生枝，歧路亡羊的我，心神嚮往。

又其實當一個晚歸的女飆仔在後山是常有的事。女子晚歸之可怕，久了也能習慣。尤其上的大學長在偏遠的小村，往哪處都遠，看完午夜場鬼片還能獨自飆半小時機車在無人台九線，被一台司機探出頭頻頻挑釁的小貨卡追回宿舍。比起來，台北是女人有夜歸權的地方。女人在大城裡走夜路意外地安心多些，我穿著高跟鞋摳進夜的街道，偶爾還感覺良好，以為自己踩踏的是一種都會型優雅。

如此坦率到底的羅斯福路，無論日夜都不會有意使人恐懼。

但從大路返家，就必須穿過突出在羅斯福路、同安街交叉口，一座看來臉色陰沉的小廟，進入光線昏暗的窄巷，兩分鐘後人車聲才會重新圍上來，還真像被人推入一口深井。

廟的高度很是迷你，長在地價猖狂的蛋黃區，身形特別節約。連燒金紙的大香爐也計算精良地死死卡進神壇後凹槽，絲毫不擋路。信徒們俯首貼耳，靜靜立在路邊點香，公開透明去許願。

小廟夾在兩棟商辦大樓之間，自帶氣場硬是沒有矮下去。尤其石牌刻上黃澄澄幾個大字，地・府・陰・公・廟，初來乍到時我不免心生暗鬼，懷疑裡頭供奉的是哪一位來自陰間的人物？連白日經過都忍不住要硬起脖子目不斜視，就怕不一小心，不夠隆重的眼神，也能得罪了藏在茶色玻璃間後看不清臉孔，陰曹地府的神鬼。

牆上貼著每月捐款名單，人多的白日，有時我會停下，以自己發明的心理學暴露療法，把香客名字一一讀出聲音。好像只要與信仰發生一點關係，就不容易招惹神明。

夜路跑多，才聽人講在古亭村外守了百年的地府陰公廟是姑娘廟，靈驗得遠近馳名。透明玻璃後許的原來多是六合彩中大獎，這樣不宜公開透明的願。傳說清末做大水，村裡漂來一具無名女屍，被村民供奉起來，以冥界女靈的新身分在這裡住下來，為古亭村擋住更凶狠的外來妖煞。

國小時候最怕的就是女鬼，故事裡的女鬼好像總是多執念，我不免想起經過陰公廟卻感覺不只是經過的恐懼。

家裡書櫃長年有一本《孫叔叔說鬼故事》，一九九二年出版，浪漫的薰衣草紫封皮。我最記得裡頭一則冥婚故事，孫叔叔殷勤告誡，路邊的紅包不要撿，否則娶一個鬼妻難收拾。誰知道學校老師天天德智體群美念破了嘴，不是自己的不要貪，小朋友能謹記拾金不昧，卻都是孫叔叔嚇出來的。

先時早夭未婚的女鬼，既入不了宗祠，無可依歸，飄蕩在人間成為一縷縷沒有香火祭祀的飢餓孤魂。但既然做鬼有法力，可不比生前，這些女人突然有了存在感，她們頻繁托夢擾人，要不在當地顯靈作祟，於是人間蓋起一座座姑娘廟，推敲月下門，單身女鬼們上下求索，終於為自己造出新祠／詞，與活人一起組裝句子，占地住宿，還享萬年香火。

在後山念大學時，志學村往宿舍的路上也有一間藏在草叢裡的姑娘廟，無數次自己大半夜騎車經過也不覺得害怕。

大概是因為志學姑娘廟退得離路遠遠，不如必須穿過她身體才能返家的地府陰公廟有存在感。

雖說姑娘廟大都埋在僻靜之地，歷代政府但凡想挪移拆除古亭陰公廟，卻都有些隱晦顧忌。都市計畫再造，城南樓起樓塌，房價高潮迭起，打擾不了她的存在。周圍破土，大至古亭捷運站動工興建，也都得向她請示。陰公雖小，法力俱全，原來是相當勵志的故事。她像耐力最強的背包客，下地把路一步一步走出來。

和我一起住在志學村姑娘廟附近的飛飛學姊也是被嚇大的。有次她失戀，整個人失了魂魄，酒後喃喃念著，完蛋了男友又沒了我爸還要罵住在家裡嫁不出去的女兒死掉變野鬼。雖說我的母系家族也是客家人，但那是我第一次聽到這麼驚悚的鬼故事。

宋代廟裡的鬼故事常有愛上神像的女人，或者化成人形再愛一回的女鬼，通常沒能愛出什麼好下場。她們滯留不去的執念，大都為前生有未竟事宜，來人間重造一個能安放自己的句子。卻發現生命雖然無常，但負心的句式總在重複，改寫之難啊，好不容易成神了也在天序之低階，難渡畢竟還是人心。

互訴衷腸，然後我們感覺親密，一段關係的開始總是這樣的。

於是，知道了地府陰公廟的身世，人靜夜深，經過時、我還是、全力、用跑的。顯然暴露療法或者敘事治療都妥妥失敗了。

城南多廟，我日夜經過廟，有時在牛肉攤飽餐一頓會去坐著看土地公，廟多之地住得久了，也還是那個缺膽的負心人。

不過，某夜古亭下了場惱人雷雨，鞋褲全濕又沒帶傘的我，出了捷運站就滯留在地府陰公廟井一樣的通道裡。那一次，為了轉移恐懼，我斜靠在放金紙的櫃子上，拿出電腦，紮紮實實，在深井裡完成了博士論文的一節。

Appendix

前去我爸的字裡面失物招領

男人倒下了，橫在木造講台上。意識如一株長在淺域的海草，輕輕搖擺於陰陽交界線上。他感覺許多隻手去抓他的腿，拉他的肩，失措的喊聲穿進海面，篤篤敲擊耳膜。那是他知道自己還活著的線索，聽聲辨位，回來回來，棲在有光的這裡，不要跨過那條線。

終於，男人被整株拔起，抬出教室。

一九八二年，高雄師範學院課堂。杜甫詩句還黏在黑板上，國破山河在，男人講著講著就忽然在講台後攤成草木。

跑過許多科別，醫師判定器官都好，但因為壓力過大，身心燃燒殆盡，患上了難解的精神官能症，或是自律神經失調。

那一年，我還是一顆宇宙懸浮顆粒，何處惹塵埃。

三年後，一雙手把我從女人剖開的子宮整株拔起。經歷兩天艱難生產，我和女人一同從幽冥海脫出，終於在慘白手術燈下哇出第一聲，成為她確認孩子順利在世界上活成人樣的線索。

產房外，一個穿西裝的男人在等待。

這是我爸飯後偶爾小酌，興致來了就會說起的故事。第一個版本只有不長不短的直述句：「你剛出生的時候不好看。」句型簡潔到讓當事人咬牙切齒，心有不甘。

後來再問，形容詞就越發慷慨起來。「你剛出生的時候像一坨擰皺的抹布。」「你剛被抱出產房渾身通紅有如從滾水撈起來，全熟。」「那個嘴巴好大啊一路咧到耳朵簡直是一隻剝皮猴子。」在當事人目光如豆，尚不可能作可靠見證者的故事裡，講述次數增加，細節蔓生攀爬，場景越描越清晰。一九八五年，二月天，男人特地準備一套費不少工資買的新西裝，拿熨斗來回犁出田壟，從新店靠山（房貸還了六年，還負二十四年債）公寓出發，去等待他第一個孩子出世。

「幸好過幾天你就舒展開來了。」無論說幾次，故事都是這樣結尾。對著如今身形舒展得甚至過分厲害的女兒重述，仍舊拍拍胸，哈口氣，幸好幸好，躲過什麼劫難似。

一開始聽故事不免要跳腳。「哪有爸爸看到剛出生的女兒這麼驚嚇！」「嬰兒應該都是皺巴巴的吧。是能多可愛！」

「你弟弟。」

「他生下來就白白胖胖，一次長全。」爸爸慢慢啜口茶，不忘悠悠補刀。

故事說到第四版，我已年過三五，從台大後門頂加小套房浮游，到定居城南老公寓幾年。為兼職工作，博士論文，與延宕多年的散文書稿多頭燒。一年才回兩次花蓮，一個月也許不打一通電話。

第四版故事，從久違一家人共食的碗筷，狼藉生長。飯後弟從櫥櫃最上方雜物堆挖出紅酒開瓶器找了一陣子，最後只能把軟木塞戳進去。

我們不在家，我爸很久不喝了。酒裝在小茶杯，嘴唇沾上一些木屑。飲完，又說起三十五年前，他趕到新店耕莘醫院，過分隆重的樣子。來回踱步，緊張搓手，像是學術新手赴一場盛大的國際研討會，預備發表一篇或有重大突破，但可能一敗塗地的論文那樣。

「哪有人穿整套西裝去醫院，真傻喔。」他補充。

我的心跟著許多故事一起長出細節。這一次，產房外不合時宜的鄭重和驚異，與接下來所有幸好幸好，拍拍胸裡，慢慢聽出一個死裡逃生，三十七歲男人、海草的輪廓。那一年，他還沒拿到博士學位，仍為生計奔忙，實在沒有養病餘裕了。然後一個陌生的小身體從產房推出來，看起來營養不良的樣子。這是你的女兒，第一次有人對他說。他伸手要接住，怕把自己也摔下去。

幸好幸好。

這原來是說給自己聽。

我念文學研究，我學過傳記批評法，考察作者生平，推測創作意圖。我又學文本細讀法。分析結構，作者語氣，修辭，意象，探勘言外之意，留意其中有無反諷與悖論。

我是從文學裡生出來的。以前經常從我爸的書寫裡招領自己。

小時候和媽一起看《喜福會》。電影拍到中日戰爭，素媛帶雙胞胎女兒逃難，最後把兩個孩子都逃丟了。就算逃往美國，也一生都逃在愧疚裡。我爸寫，妻說女兒偷偷為素媛抹眼淚，那年紀能看懂離散看明動盪，應該是有過人的敏感了。偵探辦案一樣，邊寫邊找尋女兒早慧於藝術的線索。我讀到這些散文的時候，已經老過案發現場。若真要逆自己的志，會不會我傷心，只是同情素媛在美國新生的女兒珍，不想按母親意思練琴，又怕母親失望呢？關於自己什麼時候真正決意要念文學研究要寫作，所有考古想來都是後見之明。

困於「什麼時候」與「為什麼」的問題之前，有段時間，我著迷翻看我爸散文裡與我有關的任何句子，像翻看相簿。那時我還沒念文學研究，不懂閱讀原來有方法，只知道用蠻力把所有寫著我的段落都圈養起來，據為己有。媽媽產後回出版社當編輯，爸爸邊寫博士論文邊帶我，邊帶我又邊寫我，寫成《手拿奶瓶的男人》。把日後我自己不大可能會記得的樣子先存起來，醃成一個陌生又新鮮的孩子。

痴迷於自己的考古工程，那是無人知曉的。至於十幾歲為什麼勤於用後見之明閱讀自己，究竟想確認、核對什麼？現在的我，因為要寫下這個故事再去追想，也都是後見之明，不可能考了。

爸爸是住在文學裡的。

三十四歲，第一本書出版半年後，正要風風火火去完成博論，我的身心卻暫時進入一種荒地狀態。有時睡得太多，有時睡得太少。往往一天之中要耗費許多氣力把自己從床上拔起，再花更久時間，讓自己熱機運轉，才能如期完成諸多待辦事項。有回父母來台北就醫，暫住城南老公寓。我和他們提起最近怕往人多地方去，因為不知道什麼時候會手腳發麻喘不過氣。記性很差，偶爾站在提款機前想不起密碼。要很努力才能追上自己與別人的時差。可是我有在努力。說起這些僅僅是怕同住幾天發覺我作息有異。說之前在心裡擬稿，盡量模仿我爸文風，多用直述句，穩住船身。

吃完藥昏昏沉沉，躺在房間裡沒開燈也睡不著。我媽靠在門邊，只問一句：「默默，我們有什麼可以幫你？」平時她最珍視細節，編輯工作留下的老習慣，又或者因這樣的性格，才能把編務做得那麼妥貼。但放在生活中，有時孩子卻偏偏想活成幾個僥倖的錯漏字。

我假寐在黑暗沒有回答。聽出母親盡力把問句編輯得非常乾淨，沒有悖論也沒有言外之意，心底生出許多許多感激。

總以為易緊張的氣質是家母給的，讀伊麗莎白・斯特勞特《生活是頭安靜的獸》痛哭流涕。女主角奧麗芙有狼的個性，對孩子一絲不苟。後來才知道她躁鬱症的父親用手槍自殺，她始終憂心精神疾病會否沿著她，遺傳給兒子。

那之後我才讀到父親二〇一一年寫的散文，〈花蓮，我的山海關〉。他寫一九八二年在課堂病倒，害怕擁擠人群，夜夜將門窗緊閉，多疑焦慮，恐懼有人入侵。住在文學裡的父親用一種我陌生的語氣書寫，回憶那段時日他經常盤算各種自殺可能性。

一九八二年，我爸三十四歲。

他有時會對人說，或者寫下，我的兩個小孩像我。這個句子有許多讀法，更常讀作，他們都念文學研究，或者，他們都喜歡寫作。但當我們在日常裡說，我們並不像父親，更常是指心底過不去的諸多敏感與脆弱，使我們覺得自己活得太過奢侈。

關於家父死裡逃生的病，精神官能症，自律神經失調，究竟怎麼痊癒？他有時說是意志力。有時說悟了莊子。那篇散文最後，用一種文學的方式自己修好了自己，藏進海草裡。讀的時候，距離我身心荒地期，也已經過去幾年。但仍舊有個什麼喀噔解開的聲響，在深處發生。所有書寫裡，我最喜歡父親在我出生那一天動用修辭，以後見之明添油加醋。一條抹布，滾水川燙，一隻剝皮猴子。然後呢？再說一次。

我出生的幾個月後，我爸的博士論文《莊子藝術精神析論》也降生了，像是比我頑強的次子。

前年夏天，我終於完成博士論文，緊接著找工作，兼課，趕不斷延宕的書稿。某天早晨起床忽然萎頓在地，第一次眩暈症發作。我爸每週北上教課，都會在城南老公寓住一夜。我夾著電視音量，用直述句說了。他剛換好睡衣，手裡捲著一本論文，從房間裡披著毛巾出來，在僅兩公分的和室高低差邊頓了一下：「我之前發作過，你阿公也是。」

活過一九八二年我爸生病的年紀，許多故事以這樣的方式，被奇怪地改寫了。

今年，我爸陪我檢查心臟。醫院很有名，但建築老老的。我們在人潮中站著候診，他少見地和我說起這幾年身體器官逐一廢弛，可是腦中有許多理論在構思，會不會來不及寫下？三本學術書完成以後，還有一本長篇小說才要開始。

「除了寫以外我就沒有別的興趣了。」

「最好是死在書桌上，寫到最後一刻。」

不要啦。你的書房會變鬼屋耶。撥開水草，對於父親偶然露出的軟肋，我下意識用玩笑埋起來。

國小有幾年夏天，我爸會開他那台快要散掉的灰色福特天王星，駛過東華大學校園隆起的橋去研究室工作。下坡時，因重力加速度，車上的我們，心會因此浮起一點點。我和弟在後座樂得尖叫，再一次再一次，灰色天王星往另一座橋開去，上坡，下坡，我們的心又浮起一點點。再一次再一次，那時候，我以為我爸的時間總是很多。

【後記】

撿河馬

・河馬

在上一本書中，我寫過一則關於家門前掉下一隻河馬的故事。那是二〇一四年，河馬阿河被私人牧場貨車搬移的途中，受到了驚嚇，重重跌落在小鎮的馬路上，疼痛，流下眼淚，之後死亡。從此以後，小鎮河馬好像就成為一種強烈的自我暗示。我有時感覺這本書的寫作像在撿河馬，走走停停，四處張望，然後就會看到沿途有一隻又一隻跌落的、疼痛的河馬。我與小鎮居民一起圍觀與周遭環境格格不入的龐大身軀。我驚恐，扯開喉嚨大叫，這裡有河馬，誰來救救牠。可是我也拿起筆，把河馬跌落的姿態，壓折的腿，裂開的牙齒，乳白色的眼淚，細細素描下來。

如果人類書寫的動力，是以各種姿勢探尋靈魂寓居之可能，那麼書寫者的責任，又往往必須恆常地與安居樂業背道而馳。在不過於損害身心健康，不過分掏空生活地基的限度下，使自己的精神長久處在不可安居的狀態下。

可是，寫作有損害身心健康的可能嗎？這是一門有風險的職業嗎？撿拾河馬的時候我經常感覺不舒適，訓練筆觸的過程都像謀殺。畫得越慢，躺在小鎮馬路上的河馬皮膚就越乾燥，眾人觀看我投入的素描表演，河馬就越接近死亡。看來，寫作也有使他人不能安居的風險。

不過，最困難的其實是，關於河馬眼周流出的乳白色液體，究竟是眼淚，還是因驚嚇而流出的分泌物？類似的問題教我難以下筆。有時我太渴望描繪眼淚，傳達人類可以輕易連結的痛感，為我看到的疼痛河馬爭取目光。可是，如此一來，是否太方便了呢？我說的方便是，關於人如何同情共感的設想，關於他人如何形成感受的想像。有沒有不寫眼淚，仍能深描河馬之痛的可能？寫作者的職責，大概也必須去對抗諸如此類太過方便的誘惑。何況寫久了，就知道即使描出眼淚的輪廓，也不一定真能痛河馬之痛。

「請保持警覺。」必須時常對自己說。

河馬還躺在小鎮的路上。我沒有拯救的能力，但希望這次已經懂得為牠乾燥的皮膚灑水。

・換命

這次的寫作我是用命換來的。雖然這麼說有太濫情的嫌疑。

河馬落下來的二〇一四年，也是這本書的第一篇作品〈內褲情歌〉落地的時候（收錄進來之後變成〈仙女內褲〉了）。時任BIOS Monthly的總編溫為翔在社群媒體上，偶然看到我隨意寫下的句子：「時間像一條隱形內褲，穿上脫下都沒有痕跡。」類似這樣荒唐的比喻，突發奇想，邀我闢了一個專欄。我在專欄裡以女性身體經驗為線索，陸續寫下胸罩、衛生棉、假屁股與紅衣新娘，諸如此類的荒唐故事。

原先的寫作計畫，其實就是貼緊自己的親密關係與身體感，把自己當田野，參與觀察，素描婚禮風俗。畢竟還是擔心寫作貼得太近，考慮到保持身心健康的希望，因此預定兩年內完成。沒想到，還是紮紮實實敗給了鬆散的寫作紀律。除了有一搭沒一搭的交稿，對專欄與出版社感到抱歉以外，漫長的十年間，寫作之外的我，度過了可說是目前為止人生最惶惑的階段。一開始為了完成計畫，用第三人稱的心情展開的算命之路，不知不覺，算成了勤勉投入的第一人稱。算到最後，已經可以堂堂正正宣稱我是拿命去臥底了。

邊算邊寫，邊寫邊活，邊活邊算。有時我也活成了小鎮的疼痛河馬，熱衷圍觀自己的命。十年以後再看，因為寫作的關係，還是不得不同時挽留第三人稱的我，站在第一人稱的命運以外算計。這可以說是不十分舒適的，人命失調的感受，讓生命裡的河馬，因為人命分離的書寫，而長出了一些濕潤的皮膚。

·假的

在波士頓的占卜店做完靈氣閱讀，少見地有了恐怖的算命體驗，幾乎是落荒而逃。回台灣以後，女巫陰沉的臉經常襲擊我的夢境，身心齊病了一陣子，遂以波士頓女巫的故事終結了這本書的寫作。距離二〇一五年寫下衛生棉與衛生棉條的台灣女性身體鬥爭史之後，如今我們已經有了更多選擇，月經杯、吸血內褲、布衛生棉、月經碟片。某種程度，寫作成了一塊奇異而老舊的，吸收時間凝塊的超大張棉片。

不過，我的身體有時仍在掉隊，落在想法後面，跟不上新的選擇。我仍舊在張開腿，把什麼推進去之前，悠哉悠哉，輾轉反側。

我不夠女性主義嗎？

讀女性主義，受女性主義啟發的我們這一代，是否回到日常裡去做女性主義者時，也感覺過身體跟不上去的掉隊感呢？飛昇困難，假的仙女，坐在蓮花上，屁股刺刺的，常常感覺自己在扮演。偶然我獲得一個陌生的造句：「你這個faux-cul！」假屁股。法語。形容詞。虛偽的意思。原本是指十九世紀女性用來撐起蓬蓬裙後方空間的輔助工具。我不免興奮起來，喂喂太好了，我不就寫過一則關於婚禮上穿著假屁股登場被識破的故事嗎？

明明完全不是讚美，但我快樂起來就搖頭晃腦。對方皺眉頭，用遇到痟查某吧的怪異眼神看我。

以假亂真的戰鬥姿態，讓我們暫且懸置真假。最好是亂得虛以委蛇，亂得明目張膽，亂得花團錦簇。

扮演久了，在生活裡修煉，好像逐漸能大方張口，自我介紹，嗨大家好，如你所見，我正在扮演一尊假仙的女人喔。你是你所不是的。站在土裡的假仙女，兩腳都是泥，振振手臂，飛不上去，就捲土重來。書寫真正使人自由，或許是因為對於邊界、限制有著清楚的視野。

・真的

謝謝所有出現在《假仙女Faux-cul》裡，貢獻故事的人，謝謝你們如此無私，而我受之有愧。此外，如果不是最初為翔慧眼邀稿，這本書或許不會長成現在這個樣子。謝謝算命路上，耐心與我同行，為我抄錄命運的算友，這是一段太長太長的旅程。時雍、柏煜、翊航、崇凱，謝謝你們與初稿摩擦出的火花，為這本書排列出美好的輪廓。也謝謝鄭芳婷與楊佳嫻兩位老師的序，為迷路有時的假仙女慷慨指路。謝謝國藝會與寶瓶亞君總編輯的促成。還有所有陪我素描的夥伴。最後，謝謝獨一無二的河馬，把我從遙遠的小鎮撿回來。

【新書對談】

《假仙女 Faux-cul》

顏訥 X **江鵝**

時間｜2024/11/15（五）19:30

地點｜紀州庵文學森林2樓

（台北市中正區同安街107號）

顏訥 X **馬翊航**

時間｜2024/12/8（日）15:00

地點｜紀州庵文學森林 古蹟大廣間

（台北市中正區同安街107號）

國家圖書館預行編目資料

假仙女 Faux-cul/顏訥著. -- 初版. -- 臺北市：寶瓶文化事業股份有限公司, 2024.10
面； 公分. -- (Island ; 337)

ISBN 978-986-406-440-3(平裝)

863.55 113015240

Island 337
假仙女 Faux-cul

作者／顏訥

發行人／張寶琴
社長兼總編輯／朱亞君
副總編輯／張純玲
主編／丁慧瑋
編輯／林婕伃・李祉萱
美術主編／林慧雯
校對／李祉萱・林婕伃・陳佩伶・顏訥
營銷部主任／林歆婕　業務專員／林裕翔　企劃專員／顏靖玟
財務／莊玉萍
出版者／寶瓶文化事業股份有限公司
地址／台北市110信義區基隆路一段180號8樓
電話／(02)27494988　傳真／(02)27495072
郵政劃撥／19446403　寶瓶文化事業股份有限公司
印刷廠／世和印製企業有限公司
總經銷／大和書報圖書股份有限公司　電話／(02)89902588
地址／新北市新莊區五工五路2號　傳真／(02)22997900
E-mail／aquarius@udngroup.com

著作完成日期／二〇二四年七月
初版一刷日期／二〇二四年十月二十八日

ISBN／978-986-406-440-3
定價／三九〇元

寶瓶文化·愛書人卡

感謝您熱心的為我們填寫，對您的意見，我們會認真的加以參考，
希望寶瓶文化推出的每一本書，都能得到您的肯定與永遠的支持。

系列：Island 337　書名：假仙女 Faux-cul

1. 姓名：＿＿＿＿＿＿＿＿＿＿性別：□男　□女

2. 生日：＿＿年＿＿月＿＿日

3. 教育程度：□大學以上　□大學　□專科　□高中、高職　□高中職以下

4. 職業：＿＿＿＿＿＿＿＿＿＿

5. 聯絡地址：＿＿＿＿＿＿＿＿＿＿

　聯絡電話：＿＿＿＿＿＿＿＿＿＿

6. E-mail信箱：＿＿＿＿＿＿＿＿＿＿

　□同意　□不同意　免費獲得寶瓶文化叢書訊息

7. 購買日期：＿＿年＿＿月＿＿日

8. 您得知本書的管道：□報紙／雜誌　□電視／電台　□親友介紹　□逛書店
　□網路　□傳單／海報　□廣告　□瓶中書電子報　□其他

9. 您在哪裡買到本書：□書店，店名＿＿＿＿＿＿＿＿＿＿
　□劃撥　□現場活動　□贈書
　□網路購書，網站名稱：＿＿＿＿＿＿＿＿＿＿　□其他

10. 對本書的建議：＿＿＿＿＿＿＿＿＿＿

11.希望我們未來出版哪一類的書籍：＿＿＿＿＿＿＿＿＿＿

（請沿此虛線剪下）

寶瓶　讓文字與書寫的聲音大鳴大放

寶瓶文化事業股份有限公司

亦可用線上表單。

廣告回函
北區郵政管理局登記
證北台字15345號
免貼郵票

寶瓶文化事業股份有限公司 收

110台北市信義區基隆路一段180號8樓
8F,180 KEELUNG RD.,SEC.1,
TAIPEI.(110)TAIWAN R.O.C.

（請沿虛線對折後寄回，或傳真至02-27495072。謝謝）